STAR WARS™
HAN SOLO

W0338261

SOLO: A STAR WARS STORY (2018) 1

SOLO: A STAR WARS STORY (I)

SCÉNARIO : **ROBBIE THOMPSON**
BASÉ SUR LE SCÉNARIO DE **JONATHAN** & **LAWRENCE KASDAN**
DESSIN : **WILL SLINEY**
COULEURS : **FEDERICO BLEE**
RÉDACTION USA : **TOM GRONEMAN, MARK PANICCIA, C.B. CEBULSKI**

STAR WARS: AGE OF REBELLION - HAN SOLO (2019) 1

FUIR LA RÉBELLION

SCÉNARIO : **GREG PAK**
DESSIN : **CHRIS SPROUSE**
ENCRAGE : **KARL STORY**
COULEURS : **TAMRA BONVILLAIN**
RÉDACTION USA : **TOM GRONEMAN, MARK PANICCIA, C.B. CEBULSKI**

Copyright © & Trademark ™ 2024 Lucasfilm LTD. Tous droits réservés.
Pour l'édition française : Panini France S.A. - Nice La Plaine, Bât. C2, Avenue Emmanuel Pontremoli, 06200 Nice.
ISBN : 979-10-391-2424-9
Dépôt légal : **avril 2024**
Achevé d'imprimer en **Italie** en **avril 2024** par **Gravinese Industrie Grafiche Srl**
Via Lombardore, 276/F, Leinì (TO).
Code produit : **FHCSW016**

www.panini.fr

© & TM 2024 LUCASFILM LTD.

MIX
Paper | Supporting responsible forestry
FSC® C115044

STAR WARS (2015) ANNUAL 3

ANNUAL 3

SCÉNARIO : **JASON LATOUR**
DESSIN ET COULEURS : **MICHAEL WALSH**
RÉDACTION USA : **HEATHER ANTOS, JORDAN D. WHITE, C.B. CEBULSKI**

HAN SOLO (2016) 1

LA COURSE DU VIDE DU DRAGON (I)

SCÉNARIO : **MARJORIE LIU**
DESSIN : **MARK BROOKS**
COULEURS : **SONIA OBACK**
RÉDACTION USA : **HEATHER ANTOS, JORDAN D. WHITE, C.B. CEBULSKI**

RÉDACTION LUCASFILM
ROBERT SIMPSON
MICHAEL SIGLAIN
FRANK PARISI
GRACE ORRISS
TROY ALDERS
PHIL SZOSTAK

ÉQUIPE DE NARRATION LUCASFILM
MATT MARTIN
LELAND CHEE
PABLO HIDALGO
EMILY SHKOUKANI
JAMES WAUGH

TRADUCTION : **THOMAS DAVIER, STUDIO MAKMA/MATHIEU AUVERDIN**

LETTRAGE : **ASTARTE DESIGN – ROMA, CHRISTOPHE SEMAL**

CHEWIE? T IS GONNA EASY.
...IS RUN.
GLADLY.
WHAT HAVE YOU GOTTEN US INTO NOW?!
ME?!
I SWEAR I HAVE NOTHING TO DO WITH--

SOLO: A STAR WARS STORY (2018) 1

SUR CORELLIA, LA CRUELLE **LADY PROXIMA** OBLIGE DES FUGUEURS À DEVENIR DES CRIMINELS EN ÉCHANGE D'UN ABRI ET DE SA PROTECTION. DANS CET UNIVERS IMPITOYABLE, UN JEUNE HOMME SE BAT POUR SA SURVIE, MAIS NE RÊVE QUE DE VOLER PARMI LES ÉTOILES....

DESSIN : **PHIL NOTO**

Corellia.
"DES CRÉDITS EN ÉCHANGE DU COAXIUM..."
Le repaire des vers blancs.
... DES INSTRUCTIONS QUE MÊME UN SIMPLE SOUILLARD COMME TOI PEUT COMPRENDRE.
AMÈNE-MOI LES CRÉDITS, OU NE REVIENS PAS.
PEUT-ÊTRE QUE HAN NE DEVRAIT PAS Y ALLER SEUL, LADY PROXIMA.
INUTILE DE COUVER LE PETIT, QI'RA.
CE N'EST QU'UNE LIVRAISON...
... ÇA NE PEUT PAS ÊTRE SI DIFFICILE.

Une ruelle.
Plus tard.
BAM !
ON AVAIT DIT SEPT FIOLES DE COAXIUM, SOUILLARD. SEPT !
GAH !
OUURF !
OUI, ET ON ÉTAIT CENSÉS SE RETROUVER SEULS, KILMO.
C'ÉTAIT UN PLAISIR DE VOUS RENCONTRER. À PLUS JAMAIS !
TUEZ-LE !
UNE PART DE PLUS À CELUI QUI ME RAMÈNE SA TÊTE !

ALLEZ... ALLEZ...
KNG-KNG!
FROOOOOOMM!
POUR LA CHANCE.
ZZZOOOOOOOMM!

ALLEZ, RENTREZ. DÉPÊCHEZ-VOUS OU PROXIMA VA VOUS SECOUER LES PUCES.
REGARDEZ CE QUE J'AI VOLÉ. PROXIMA VA ME DONNER UNE PART DE PLUS.
C'EST À MOI QU'ELLE VA LA DONNER, LA PART DE PLUS.
RENDS-MOI ÇA !
HAN !
HÉ !

TU AS MIS TROP LONGTEMPS. J'ÉTAIS **SÛRE** QUE ÇA S'ÉTAIT MAL PASSÉ.
SI TU VOYAIS DANS QUEL ÉTAT JE LES AI MIS.
J'ÉTAIS EN TRAIN DE FAIRE L'ÉCHANGE, JE LEUR REMETTAIS LE COAXIUM, ET LES HOMMES DE KILMO M'ONT SAUTÉ DESSUS. MAIS JE LES AI BIEN EUS.
COM-MENT ?
JE ME SUIS TIRÉ ET JE LEUR AI PIQUÉ LEUR SPEEDER.
POURQUOI, ON VA QUELQUE PART ?
ON PEUT ALLER OÙ ON VEUT.

LE COAXIUM !
Y EN A POUR...
CINQ OU SIX CENTS CRÉDITS. BEAUCOUP PLUS QUE CE QU'IL NOUS FALLAIT...
... DE QUOI PAYER POUR PASSER LES CONTRÔLES ET SE TIRER DE CORELLIA. HAN... TU CROIS QUE ÇA VA MARCHER ?
JE SUIS SÛR QUE ÇA VA MARCHER.
QI'RA, TOI QUI RÊVAIS QU'ON AIT LES MOYENS DE S'EN ALLER. BEN, ÇA Y EST.
HAN EST RENTRÉ... LE VOILÀ !
MOLOCH, SALUT ! ÇA VA ? TU NE ME CROIRAS JAMAIS. ENFIN, SI, TU VAS ME CROIRE, MAIS...
‹FOUILLE-LE, REBOLT.›
BOUGE PAS, SOUILLARD.
DOUCEMENT.
ALLEZ, ON VA VOIR LADY PROXIMA.

L'ARGENT...?
ILS L'ONT GARDÉ.
ET MON COAXIUM ?
ILS L'ONT GARDÉ AUSSI. **MAIS** IL Y A UN CÔTÉ POSITIF À TOUT ÇA.
À L'AVENIR, ON SAURA QUE CES GENS SONT DES ARNAQUEURS.
TU VEUX ME FAIRE CROIRE QUE TU N'AS **RIEN** PU SAUVER ?
J'AI SAUVÉ MA PEAU, CE QUI EST DÉJÀ PLUTÔT BIEN.
ENFIN, POUR MOI, EN TOUT CAS.
WACK!
JE T'AI CONFIÉ UNE MISSION FACILE, ET TU ESSAIES DE M'AVOIR AVEC TON BONIMENT ?
QUAND ON DÉSOBÉIT, ON EN SUBIT LES CONSÉQUENCES. SINON, ON N'APPREND JAMAIS **RIEN**.
TU SAIS QUOI ? JE CROIS QUE JE N'AI PLUS RIEN À APPRENDRE.
QU'EST-CE QUE TU DIS ?

JE DIS QUE LA PROCHAINE FOIS QU'UN DE TES SBIRES ME FRAPPE...
KCH!
... JE LE DÉMOLIS.
‹PAS SI JE T'ABATS.›
MOLOCH, NON. ARRÊTE.
QI'RA, SOUVIENS-TOI DE TON SILO. ON T'A SORTIE DE CE CLOAQUE. ON T'A DONNÉ UN TOIT. NE GÂCHE PAS TOUT POUR CE HAN, IL N'EN VAUT PAS LA PEINE.
CE QU'IL A PERDU SUR CE COUP-LÀ, ON VOUS LE RENDRA. LE *DOUBLE*. VOUS NE SEREZ PAS PERDANTE.
‹LE COAXIUM EST PRÉCIEUX. LES SOUILLARDS COMME TOI NE VALENT RIEN.›

VOUS APPROCHEZ ET JE FAIS TOUT PÉTER !
C'EST UN DÉTONATEUR THERMIQUE.
K-CLICK.
ET JE VIENS JUSTE DE L'*ARMER*.
C'EST UN CAILLOU.
NON.
SI, ET C'EST TOI QUI AS FAIT CE BRUIT BIZARRE, AVEC TA BOUCHE.
HAN, NE ME DIS PAS QUE C'EST ÇA, TON PLAN.
NON...
... C'EST ÇA !
KRASH!
GREEEAAAGGGHHH!
ÇA BRÛLE !
UN M-68 ?
C'EST COOL, NON ?
J'ADORE. ET LA *SUITE* DU PLAN ?
POUR ÊTRE HONNÊTE, AUCUNE IDÉE. JE NE PENSAIS PAS QU'ON IRAIT JUSQUE-LÀ.

ON VA PRENDRE LE PREMIER VOL QUI PART DU SPATIOPORT DE CORONET.
ON GRAISSE QUELQUES PATTES AU CHECKPOINT, ET ON EST LIBRES. JE TRAVAILLERAI COMME PILOTE.
ON ACHÈTERA UN VAISSEAU ENSEMBLE.
ON VOYAGERA AUX QUATRE COINS DE LA GALAXIE.
JE NE SERAI PLUS OBLIGÉE D'OBÉIR AUX ORDRES, OU DE ME FAIRE HUMILIER...
PLUS JAMAIS.
KRRRANNNG!
‹TU NE PEUX PAS ÉCHAPPER À PROXIMA, HAN !›
JE CROYAIS QU'ON AVAIT PRIS PLUS D'AVANCE QUE ÇA SUR MOLOCH...
ACCROCHE-TOI !

IL EST RAPIDE.
MAIS ON VA PLUS VITE, NON ?
ESPÉRONS.
ARF!
ARF!
ARF!
VOUS, LÀ ! ARRÊTEZ-VOUS !
BOOM!
HAN, NON ! ON NE PASSERA JAMAIS.
TIENS, REGARDE !

SHOOOOM!
‹QUOI ?!›
SKREEEEEEEEEEEEEEEEEEEEEEE
WHAM!
TING
‹RATTRA-PEZ-LE !›
ARF! ARF!
ARF! ARF!

LÀ-DEDANS, VITE !
LA MEUTE A NOTRE ODEUR. IL FAUT QU'ON LES SÈME.
OUI...
... JE *DÉTESTE* LES ANGUILLES.
ALLEZ, UN PEU DE CRAN.
OÙ ILS SONT ?
AUCUNE TRACE DES SOUILLARDS, MOLOCH.
‹CONTINUEZ DE CHERCHER !›

Spatioport de Coronet.
Plus tard.
IL EST INTERDIT DE FAIRE LA QUEUE SANS CARTE D'EMBARQUEMENT.
TOUS LES DROÏDES DOIVENT ÊTRE ENREGISTRÉS.
ACCÈS INTERDIT SANS PUCE D'IDENTIFICATION.
QUAND ON SERA PASSÉS, IL FAUDRA QU'ON SOIT MALINS, ET QU'ON SACHE BIEN OÙ ON VEUT ALLER.
ON IRA N'IMPORTE OÙ, DU MOMENT QUE L'EMPIRE N'Y EST PAS. ÇA NE POURRA PAS ÊTRE PIRE QU'ICI.
SI, JUSTEMENT... ON VA SE RETROUVER SANS PROTECTION. ON RISQUE D'ÊTRE ENLEVÉS PAR DES TRAFIQUANTS. VENDUS À L'AUBE ÉCARLATE, OU AUX CARTELS DES HUTTS.
JE NE LES LAISSERAI PAS FAIRE.
JE TE DÉFENDRAI.
POUR LA CHANCE ?
EXACTEMENT.

PUCES D'IDENTIFICATION.
FIGUREZ-VOUS QU'ON N'EN A PAS.
... MAIS ON A ÇA.
ÇA VA CHERCHER DANS LES SEPT À HUIT CENTS CRÉDITS.
SI VOUS NOUS LAISSEZ PASSER, IL EST À VOUS.
DONNEZ-MOI D'ABORD LE COAXIUM.
QUAND ON SERA PASSÉS, PAS AVANT.
ALLEZ, ALLEZ !
HAN !
PAS SI VITE !

NON ! OUVREZ LA PORTE.
SÉCURITÉ, DEUX INDIVIDUS ONT FORCÉ LE PASSAGE !
SLAM!
HAN, SAUVE-TOI !
QI'RA !
JE REVIENDRAI ! JE NE TE LAISSERAI PAS...
... JE TROUVERAI UN MOYEN...
ENGAGEZ-VOUS...

EXPLOREZ DE NOUVEAUX MONDES. ACQUÉREZ DE NOUVELLES COMPÉTENCES. RÉTABLISSEZ L'ORDRE ET L'UNITÉ DANS LA GALAXIE.
ENGAGEZ-VOUS. RALLIEZ-VOUS À L'EMPIRE.
C'EST ICI QU'ON S'INSCRIT POUR ÊTRE PILOTE ?
SI TU POSTULES POUR LA FLOTTE IMPÉRIALE, OUI. MAIS LA PLUPART DES RECRUES RENTRENT DANS L'INFANTERIE.
OUI, MAIS MOI JE SERAI PILOTE. LE MEILLEUR DE LA GALAXIE. ÇA DEMANDERA COMBIEN DE TEMPS ?
ÇA DÉPENDRA DE TA CAPACITÉ À OBÉIR AUX ORDRES. POURQUOI, TU ES ATTENDU QUELQUE PART... ?
OUI. ICI. JE VEUX REVENIR ICI.
C'EST RARE D'ENTENDRE ÇA. COMMENT TU T'APPELLES ?
HAN.
HAN **COMMENT** ? TU ES DE QUELLE COMMUNAUTÉ ?
D'AUCUNE COMMUNAUTÉ. JE SUIS SEUL.
HAN...
... **SOLO**. ACCEPTÉ. PRÉSENTE-TOI À L'EMBARQUEMENT DU TRANSPORT ID-83 POUR L'ACADÉMIE IMPÉRIALE DE CARIDA. BIENVENUE DANS L'***EMPIRE***, HAN SOLO.

Planète Carida, Académie Navale Impériale.
"VOTRE PASSAGE À L'ACADÉMIE A ÉTÉ DES PLUS DÉCEVANTS, CADET SOLO."
L'EMPIRE EST BON, SOLO. PUR.
PAS DE PLACE POUR DES SOUILLARDS COMME TOI.
"VOUS VOUS ÊTES BATTU AVEC LES AUTRES CADETS...
"... VOUS AVEZ VOLÉ UN CHASSEUR TIE...
"... QUE VOUS AVEZ ENSUITE FAIT S'ÉCRASER. AU PASSAGE...
"... VOUS AVEZ MONTRÉ À L'OFFICIER FORMATEUR BROOG QUE VOUS ÉTIEZ LE MEILLEUR PILOTE QU'IL AIT JAMAIS VU...
"... JUSQU'À CE QU'IL DÉCOUVRE QUE VOUS AVIEZ TRICHÉ EN MODIFIANT LE MOTEUR DE VOTRE VAISSEAU.
"ET VOUS ÊTES PARVENU À AGGRAVER DAVANTAGE VOTRE CAS.

"C'ÉTAIT UN EXERCICE DE ROUTINE. MAIS IL SEMBLE QUE LA ROUTINE N'EXISTE PAS POUR VOUS, SOLO."
ONYX-9, JE N'ARRIVE PAS À LES SEMER !
JE M'EN CHARGE, ONYX-2 !
ATTENTION, ONYX-9, QUITTER LA FORMATION **AFFAIBLIT** L'ESCADRON.
TU N'ES *PAS* MON OFFICIER SUPÉRIEUR, MGK !
BA-DOOM!
JOLI TIR, ONYX-9 ! MERCI, HAN.
TOUT VA BIEN ?
EUH, OUI. ILS SONT EXACTEMENT LÀ OÙ JE VOULAIS.
"APRÈS AVOIR IGNORÉ VOTRE ENTRAÎNEMENT ET ROMPU VOTRE FORMATION, VOUS AVEZ RÉUSSI À ÉCHAPPER AUX AUTRES PILLARDS, ET EN AVEZ ÉLIMINÉ TROIS..."

Cour martiale de Carida.
... AVANT DE FAIRE S'ÉCRASER VOTRE CHASSEUR ENDOMMAGÉ DANS UN HANGAR, LE DÉTRUISANT AINSI QUE DES DIZAINES D'ASTROMÉCANOS.
EN REGARDANT VOTRE DOSSIER, JE N'ARRIVE PAS À DIRE SI VOUS ÊTES COURAGEUX OU STUPIDE.
UN PEU DES DEUX, PEUT-ÊTRE ?
IL N'Y A PAS DE PLACE POUR UN COMPORTEMENT ANTICONFORMISTE DANS LA FLOTTE IMPÉRIALE, CADET SOLO.
MAIS J'AI SAUVÉ...
VOUS AVEZ DÉTRUIT DES ARMES PRÉCIEUSES POUR L'EMPIRE. LES VIES INDIVIDUELLES NE VALENT PAS MIEUX QUE DES BIENS IMPÉRIAUX.
CETTE COUR NE VOIT AUCUNE RAISON D'EXÉCUTER UN CADET BIEN ENTRAÎNÉ, AUSSI RÉTIF SOIT-IL. PAR CONSÉQUENT, NOUS RECOMMANDONS UN TRANSFERT AU FER DE LANCE SUR MIMBAN. EN SERVICE ACTIF IMMÉDIAT.
QUAND... QUAND EST-CE QUE JE VOLERAI À NOUVEAU ?
N'AYEZ CRAINTE, SOLO. VOUS VOLEREZ EN UN RIEN DE TEMPS.

AAAGHH !
WHOOM !
Mimban.
PEW
PEW
PEW
PEW
PEW
OURF !
SOLO, QU'EST-CE QUE TU FICHES ICI ?
MOI ? QU'EST-CE QUE VOUS F...
ATTENTION !
AAAAHHH !
FWOOM
L'EMPIRE A BESOIN DE VOUS ! SOLDATS, EN AVANT ! ON EST PRESQUE ARRIVÉS ! SOLO, RELÈVE-TOI !
PRESQUE ARRIVÉS OÙ ? ON VA OÙ ?
DE L'AUTRE CÔTÉ DE CETTE COLLINE.
BOOM

QU'EST-CE QU...
PEW! PEW!
PEW!
PEW!
PEW!
HÉ, BECKETT ! TU NOUS AVAIS PARLÉ D'UN PETIT PLAN RAPIDE.
ET ALORS ?
IL FAUT TOUJOURS QUE TU RÂLES.
C'EST PAS UN PETIT PLAN RAPIDE. C'EST LA GUERRE !
UN TRANSPORT TOUT-TERRAIN. C'EST POUR ÇA QU'ON EST VENUS. LA BASE OPÉRATIONNELLE NE DOIT PLUS ÊTRE LOIN.
OUI...
... MAIS LE COMMANDANT A DIT D'AVANCER DANS L'AUTRE DIRECTION.
EH BIEN, VAS-Y, ET FAIS-TOI DESCENDRE.
C'EST CE QUI VIENT D'ARRIVER AU COMMANDANT.
ALORS, QUI DONNE LES ORDRES, MAINTENANT ?
VOUS... CAPITAINE.

HA ! IL N'A PAS TORT, CAPITAINE.
ALORS, ON FAIT QUOI, CAPITAINE BECKETT ?
VAL, TOI ET RIO VOUS ALLEZ PRENDRE PAR LA GAUCHE AVEC CES QUATRE BOUSEUX. MOI ET LA PIPELETTE, ON VA TENTER DE PASSER SUR LE FLANC DROIT, ET PEUT-ÊTRE QU'ON AURA DE LA CHANCE.
C'EST PAS UNE QUESTION DE CHANCE.
ATTENDEZ. JE PEUX POSER UNE QUESTION ?
TU TIENS À LA VIE ?
UN PEU, OUI.
ALORS, FERME-LA ET OBÉIS À TON CAPITAINE.

Base opérationnelle. Plus tard.
CAPITAINE... CAPITAINE ?
JE M'APPELLE HAN.
ON S'EN TAPE.
MERCI DE M'AVOIR AIDÉ LÀ-BAS.
OUAIS, TU T'EN ES BIEN TIRÉ.
J'AI ÉTÉ FORMÉ AU COMBAT AÉRIEN.
TU VEUX QUE JE TE DONNE UN BON CONSEIL ?
CASSE-TOI D'ICI LE PLUS VITE POSSIBLE, ET VA-T'EN LE PLUS LOIN QUE TU POURRAS.
QUELLE UNITÉ VOUS COMMANDEZ ?
ÇA NE TE REGARDE PAS. ET ON EST AU COMPLET.
RESTE UN BON PETIT SOLDAT, C'EST CE QUE T'AS DE MIEUX À FAIRE.
QUE...
ATTENDEZ-MOI !
ALLEZ, RIO !

ÉCOUTEZ-MOI. ON VA SE METTRE EN ROUTE EN DIRECTION DES MARAIS DU SUD.
ON VA ENCORE RAMPER DANS LA BOUE.
VOUS AVEZ QUELQUE CHOSE À DIRE ?
JE ME DEMANDE QUEL EST NOTRE OBJECTIF, MON LIEUTENANT.
APPORTER LA PAIX ET LA PROSPÉRITÉ DANS LA GALAXIE. INSTAURER UN RÉGIME LOYAL À L'EMPEREUR. ET NEUTRALISER LES AGRESSEURS.
C'EST LEUR PLANÈTE, C'EST *NOUS*, LES AGRESSEURS.
VOUS AVEZ UN PROBLÈME, SOLDAT ?
AUCUN PROBLÈME, MON LIEUTENANT.

APPAREMMENT, ILS FONT DES SORTIES TOUTES LES *30 MINUTES*.
OUI, JE PEUX NEUTRALISER LES SENTINELLES SUR LE PÉRIMÈTRE... QUANT AUX PILOTES ET À L'AIGUILLEUR...
... ÇA IRA, J'EN FAIS MON AFFAIRE.
ON REGARDE QUOI, LÀ ?
TU AS LE DON DE FOURRER TON NEZ LÀ OÙ IL N'A RIEN À FAIRE, PETIT GARS.
IL Y A UN DÉTAIL QUI M'A SAUTÉ AUX YEUX. VOTRE UNIFORME EST COUVERT D'IMPACTS... ALORS, SOIT VOUS CICATRISEZ TRÈS VITE, SOIT VOUS L'AVEZ RÉCUPÉRÉ SUR UN MORT.
VOUS N'ÊTES PAS DES TROOPERS. VOUS PRÉPAREZ UN COUP, VOUS ÊTES LÀ POUR VOLER DES ÉQUIPEMENTS. ET JE VEUX EN ÊTRE.
BON, ÇA SUFFIT, JE L'ABATS.
NON. BRISE-LUI LA NUQUE, C'EST PLUS PROPRE.
OU SINON...
... PRENEZ-MOI AVEC VOUS.
J'AI APPRIS LE MÉTIER SUR LE TAS, J'AI FAIT DES TAS DE COUPS SUR CORELLIA. À DIX ANS, JE PIQUAIS DÉJÀ DES AV-21. JE NE SUIS PAS QUE CHAUFFEUR, JE SUIS AUSSI PILOTE, ET C'EST TOI QUI M'AS CONSEILLÉ DE ME TIRER LOIN D'ICI, PAS VRAI ?
TU ES UN AS DU PILOTAGE ET TU RAMPES DANS LA BOUE ?
J'AI ÉTÉ FLANQUÉ À LA PORTE DE L'ACADÉMIE, PARCE QU'ILS N'APPRÉCIENT PAS TROP LES FORTES TÊTES. MAIS N'EMPÊCHE QUE JE SUIS UN EXCELLENT PILOTE. ET JE DOIS RENTRER CHEZ MOI.

IL EST DINGUE. PERSONNE NE VEUT RETOURNER SUR CORELLIA.
J'AI MES RAISONS.
ON A DÉJÀ UN TRÈS BON PILOTE.
HA, L'ARDENNIEN ?
L'ARDENNIEN ? FAIS ATTENTION À CE QUE TU DIS. TU PARLES À UN TROOPER IMPÉRIAL.
AH OUI ? C'EST BIZARRE, PARCE QUE J'AI VU DEUX DE TES BRAS SORTIR DE TON PANTALON, TROOPER.
ÉCOUTEZ, JE SUIS PRÊT À TOUT POUR RETOURNER SUR CORELLIA. IL Y A DÉJÀ BIEN TROP LONGTEMPS QUE JE SUIS PARTI. DONNEZ-MOI MA CHANCE.
BON, D'ACCORD. SI JE NE VOUS INTÉRESSE PAS, JE CROIS QUE VOUS, VOUS POURRIEZ BEAUCOUP INTÉRESSER LE LIEUTENANT.

IL NOUS MENACE...
LIEUTENANT !
MON CAPITAINE ?
LIEUTENANT, NOUS AVONS APPRÉHENDÉ UN DÉSERTEUR. EMMENEZ-LE.
C'EST... MAIS NON !
J'AURAIS DÛ M'EN DOUTER. C'EST UN PERTURBATEUR.
ET UN MENTEUR. NE CROYEZ PAS UN MOT DE CE QU'IL RACONTE.
NE PARTEZ PAS SANS MOI...
QU'IL SERVE DE REPAS À LA BÊTE.
À LA BÊTE ? QUOI, QUELLE BÊTE ?

WHOA...!
ÇA FAIT TROIS JOURS QU'ON NE L'A PAS NOURRIE.
ON VA SE MARRER.
THUMP!
GGGRRRRRMMMMM...
RRRRRRRRRR...

WHHHRRRRRRAAAAAHHH!

STAR WARS: AGE OF REBELLION - HAN SOLO (2019) 1

L'HÉROÏQUE ALLIANCE REBELLE VIENT DE REMPORTER SA PREMIÈRE GRANDE VICTOIRE CONTRE L'ABOMINABLE EMPIRE GALACTIQUE GRÂCE AU CONTREBANDIER **HAN SOLO** ET À SON COMPAGNON WOOKIE, **CHEWBACCA**. DU MOINS, C'EST LEUR POINT DE VUE ! MAIS IL EST TEMPS POUR EUX DE FILER ET DE RETOURNER JOUER LES VAURIENS….

DESSIN : **TERRY DODSON** ET **RACHEL DODSON**

Balnab. Bordure Moyenne.
QUINZE... SEIZE... DIX-SEPT MILLE !
C'EST TOUT, CHEWIE. COMME LE VIEUX KENOBI L'AVAIT PROMIS !
NOTRE RÉCOMPENSE ! CONVERTIE EN BONS CRÉDITS IMPÉRIAUX !
ARRROOOO!
ASSEZ POUR PAYER JABBA ET RAFISTOLER LE FAUCON.
BAM BAM
ON POURRAIT RÉPARER CES ÉRAFLURES...
... ET MÊME RECÂBLER LES COUPLEURS HYPERDRIVE DONT TU N'ARRÊTES PAS DE TE PLAINDRE...
... ET APRÈS...
CLICK
... LA GALAXIE SERA À NOUS !
ON PEUT ALLER PARTOUT !

PARTOUT.
OÙ ON VA ALLER, CHEWIE ?
RRRRAAA?
HMP.
OUAIS.
JE NE SAIS PAS NON PLUS.
HAN ?

LUKE !
ROOOO!
TU N'AS PAS ENCORE NETTOYÉ CETTE POUBELLE ?
RAAAAAA!
HA, HA ! JE RIGOLE, JE RIGOLE !
PAS *NOUS*. HEIN, CHEWIE ?
AAAROOO!
ON VA ENFIN EMPOCHER NOTRE *RECOMPENSE* ET NOUS OCCUPER DE *NOS AFFAIRES* !
D'ACCORD. TANT MIEUX POUR VOUS.
QU'EST-CE QUE TU FAIS LÀ, D'AILLEURS ?
ON VEUT ÉCHAPPER À CETTE *VIE DE REBELLE* ? ON A ENVIE DE *VRAIMENT* S'AMUSER ?
HA. NON. J'AI ENTENDU DIRE QUE TU RESTAIS DANS LE COIN POUR L'INSTANT, ET...
... BON, J'AI UN SERVICE À TE DEMANDER.
IL Y A UN *LIEU DE RENDEZ-VOUS SECRET* POUR LES REBELLES DE L'AUTRE CÔTÉ...
ATTENDS, ATTENDS, ATTENDS...

... JE NE FAIS PAS PARTIE DE LA RÉBELLION.
MAIS BIEN SÛR...
ARRÊTE, ON A SEULEMENT FAIT CETTE MISSION SUR CYRKON POUR LEIA.
ROO!
GRÂCE À NOTRE GRAND SENTIMENTAL À POILS.
ET APRÈS, SA HAUTE MAGNIFICENCE N'ÉTAIT MÊME PLUS LÀ QUAND NOUS SOMMES VENUS DIRE "MAIS, DE RIEN".
ET MAINTENANT, C'EST TON TOUR ?
VOUS FAITES QUOI, VOUS VOUS RELAYEZ ?
ÇA N'A PAS SUFFI QU'ON TE SAUVE LES MICHES DANS LA TRANCHÉE DE L'ÉTOILE DE LA MORT ?
SI, SI.
ÉCOUTE, C'EST FACILE. ON A JUSTE BESOIN DE FAIRE LIVRER QUELQUES CAISSES À NOTRE AVANT-POSTE DE SURVEILLANCE SUR CALUMDARIAN.
OH, ARRÊTE ! JE N'AI RIEN ACCEPTÉ.
C'EST IMPORTANT, HAN.
IL Y A DES VIES EN JEU.
ET TU ES LE MEILLEUR CONTREBANDIER QU'ON AIT.
VOUS NE M'AVEZ PAS DU TOUT !
JE NE FAIS PAS PARTIE DE LA RÉBELLION !
MERCI, LES GARS.

Spatioport de Balnab.
RRRR?
NON, ÇA NE VA PAS.
HRRR...
ET OUI, C'EST TA FAUTE.
BOULE DE POILS À CŒUR D'ARTICHAUT...
OUI, JE TE PARLE.
...?
C'EST QUOI, ÇA ? UN BLASTER IMPÉRIAL ?
VOUS ÊTES DES ESPIONS !
NON, ANDOUILLE. ON EST DES CONTREBANDIERS. ALORS, DÉGAGE, OU...
KRAK
GAH !
HAN ?!
OH, MINCE.

AAGH !
KRAAK
YAAAAA
HÉ !
KTHOK
GRRAAA
ALLEZ !
THWAAK
ARRÊTEZ TOUS !

C'EST HAN !
HA, HA ! POUR DE VRAI ?!
HAN SOLO !
TOUT VA BIEN, LES GARS.
ILS NE SONT PAS DANGEREUX.
À VOS ORDRES.
HÉHÉ.
"À VOS ORDRES" !
HA HA !
QU'EST-CE QUI T'ARRIVE ? TU ES UN CHEF REBELLE, MAINTENANT ?
NON, NON. J'AI SEULEMENT AIDÉ UN AMI, ET JE ME SUIS RETROUVÉ DANS...

RRRRRRAA!
HÉ, DU CALME ! C'EST AKKO ET SA BANDE ! DE L'ARNAQUE DE GAREL !
GRRAOOORR!
VOUS N'AVEZ TOUJOURS PAS APPRIS LE SHYRIIWOOK, HEIN ?
NON.
BON. CHEWIE EST CONTENT DE VOUS VOIR.
DITES, VOUS POURRIEZ PEUT-ÊTRE NOUS FILER UN COUP DE MAIN.
ON A UNE JOLIE CARGAISON D'ÉPICES QU'ON ESSAYE DE SORTIR DE LA PLANÈTE.
SI TU AS DES CONTACTS REBELLES, TU DOIS AVOIR LE DERNIER PLANNING DE SURVEILLANCE IMPÉRIAL.
GRRRAAA!
JE NE SAIS PAS, LES GARS...
... ON A DÉJÀ D'AUTRES AFFAIRES EN COURS...
OH, DES AFFAIRES REBELLES ?
ARRÊTE, QU'EST-CE QUE JE VIENS DE DIRE ?
HM. ET QU'EST-CE QUE TU Y GAGNES ? ILS TE PAYENT BEAUCOUP ?
RRRRR...
QUOI ?
RIEN.
ILS PAYENT. ILS PAYENT ÉNORMÉMENT.
ET C'EST L'OCCASION DE RAMASSER ENCORE PLUS D'ARGENT.

Quatre heures plus tard.
HA HA !
QU'EST-CE QU'ON FAIT ? JE PAIE ENCORE MA TOURNÉE !
ARGH.
RRR.
ÉCOUTE, C'EST JUSTE UNE ESCALE.
ALLEZ, CHEWIE ! IL FAUT BIEN QU'ON FASSE DES CHOSES POUR NOUS DE TEMPS EN TEMPS !
ENFIN, LUKE A FILÉ SANS MÊME PARLER DE NOS HONORAIRES ! SANS PARLER DES DÉPENSES !
ET PLUS ON REND DE SERVICES, PLUS ON RISQUE DES ENNUIS. ET LÀ, CE SERAIT PRATIQUE D'AVOIR QUELQUES CRÉDITS DE CÔTÉ.
ET SI QUELQUE CHOSE TOURNE MAL, ON LARGUERA LA CARGAISON DU P'TIT GARS, ET...
AROOOO!
DU CALME ! JE SAIS CE QUE LUKE A DIT !
NE T'EN FAIS PAS... ON VA QUAND MÊME SAUVER TOUUUUUS CES INNOCENTS !
MAIS S'IL LE FAUT, ON SE SAUVERA NOUS D'ABORD.
C'EST TOUT BON ?
RRRR.
OUI.
RRRRR!
OUI !
OUAAAAAH
TANT MIEUX.

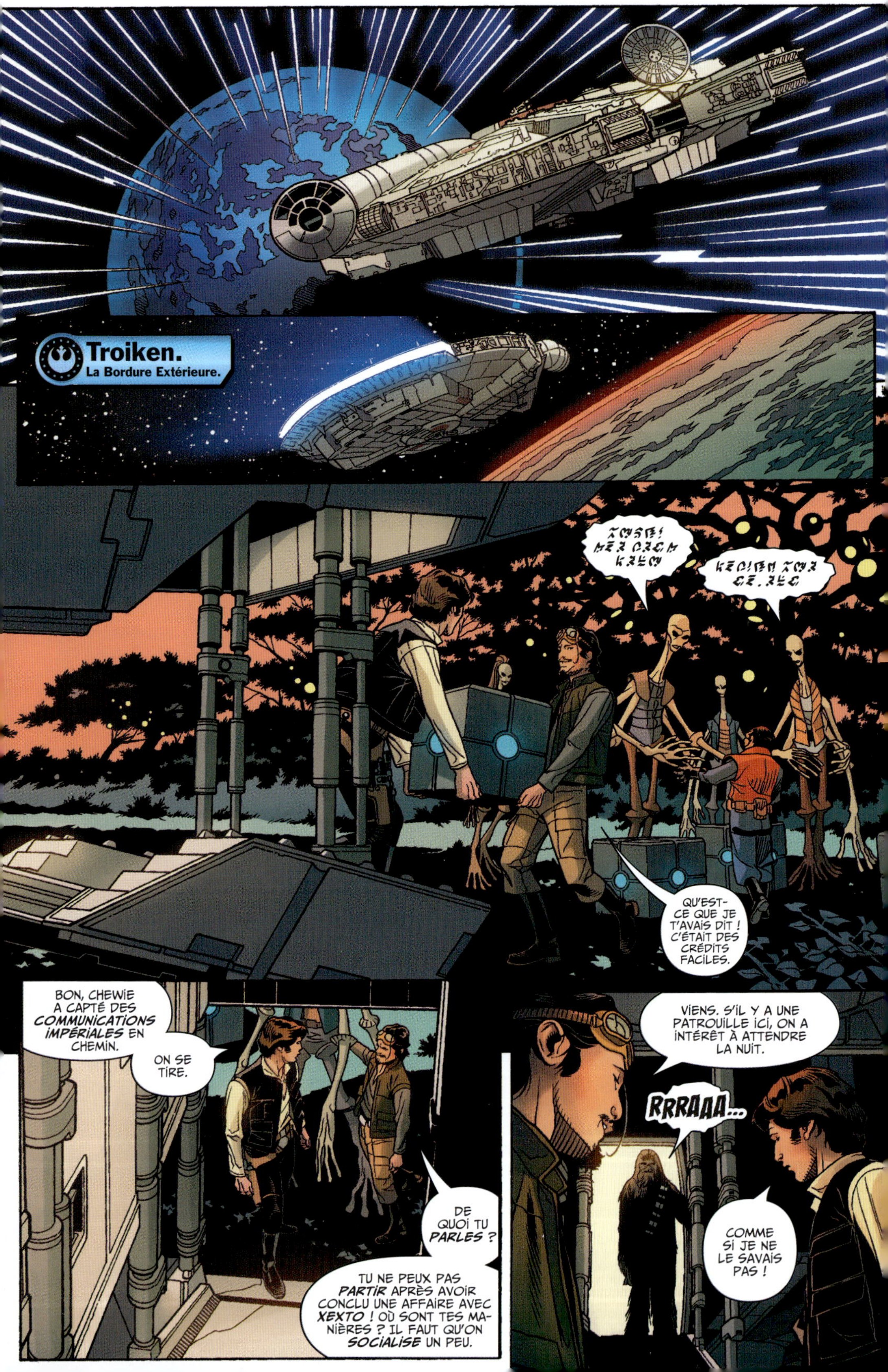
Troiken.
La Bordure Extérieure.
QU'EST-CE QUE JE T'AVAIS DIT ! C'ÉTAIT DES CRÉDITS FACILES.
BON, CHEWIE A CAPTÉ DES COMMUNICATIONS IMPÉRIALES EN CHEMIN.
ON SE TIRE.
DE QUOI TU PARLES ?
TU NE PEUX PAS PARTIR APRÈS AVOIR CONCLU UNE AFFAIRE AVEC XEXTO ! OÙ SONT TES MANIÈRES ? IL FAUT QU'ON SOCIALISE UN PEU.
VIENS. S'IL Y A UNE PATROUILLE ICI, ON A INTÉRÊT À ATTENDRE LA NUIT.
RRRAAA...
COMME SI JE NE LE SAVAIS PAS !

Plus tard.
VINGT MILLE CRÉDITS !
ET VOUS EN RECEVEZ CHACUN QUATRE MILLE !
HÉ, IL FAUT QU'ON CONTINUE SUR NOTRE LANCÉE.
APRÈS ÇA, ON VA SUR ALDERAAN.
ÇA VA ÊTRE COMPLIQUÉ.
L'EMPIRE L'A RÉDUITE EN POUSSIÈRE.
JE SAIS. MAIS C'ÉTAIT UNE PLANÈTE RICHE. IL DOIT Y AVOIR DES TRUCS SYMPATHIQUES QUI FLOTTENT DANS LE COIN.
J'Y SUIS ALLÉ.
IL N'Y A QUE DES ASTÉROÏDES ET DE LA POUSSIÈRE.
OH, TU Y ES ALLÉ, HEIN ?
EXACTEMENT.
DU SOLO TOUT CRACHÉ !
TOUJOURS À LA JOUER PERSO !
IL NE VEUT PAS QU'ON RÉCUPÈRE CES BEAUX BUTINS !
HA HA HA HA !
HA.

REGARDEZ MOAAAAA !
HÉ, HÉ, QU'EST-CE QUE TU...
HA HA HA !
SKROOW
OUAAAAIS !
HA HA HA HA HA !
MON...
J'AI VU.

ALLEZ, ON VA FAIRE ENCORE MIEUX !
HA HA ! NON, C'EST MON TOUR !
LES GARS, CE N'EST PAS UNE BONNE...
SKRAAKOW
TOUT LE MONDE À TERRE !
GAH !
KTHUUNK
AAAAARRRR!
FTOON
NE T'EN FAIS PAS, CHEWIE...
... J'AI LES CRÉDITS !
CHING
TOUT LE MONDE, FICHEZ LE CAMP !
VEET VEET
GAH !

VAS-Y, DÉMARRE !
AARROOOO!
OÙ VOUS ÊTES, LES GARS ? ON DÉCOLLE !
NE NOUS ABAN-DONNE PAS !
ON... ON S'EST FAIT PRENDRE !
P-PITIÉ... NE NOUS ABAN-DONNE PAS !
ILS... ILS VEULENT LEUR PART !
SI ON NE PAIE PAS...
... ILS VONT NOUS FLINGUER ET NOUS JETER DANS LES BOIS !
QUE... QUEL ORDRE DE GRANDEUR, LA PART ?
HAN !
PITIÉ !

HNFF !
TSS.
DÉSOLÉ, LUKE.
FOUILLEZ LE VAISSEAU.
DU CALME, LES GARS.
J'AI TOUT CE QU'ON A TOUCHÉ DE XEXTO JUSTE ICI !
CHING CHING

HAN.
MON AMI.
JE...
LAISSE TOMBER.
HÉ, LAISSE-MOI ME RACHETER.
ON VA FAIRE CE TRUC VERS ALDERAAN. TOI ET CHEWIE, VOUS AUREZ UNE DOUBLE PART. NON, TRIPLE. VOUS L'AVEZ MÉRITÉE.
JE...
... NON, MERCI.
TANT PIS POUR TOI.
OUI. TANT PIS POUR MOI.
HFF.
MON AMI.
QUOI ?

MERCI D'AVOIR GARDÉ UN ŒIL LÀ-DESSUS, LES GARS.
MAIS ON VA LES REPRENDRE.
ARRRRR!
JE CROYAIS QUE TU SURVEILLAIS NOS ARRIÈRES !
BON.
NOUS SOMMES TOUS DES GENS RAISONNABLES, NON ?
CHING CHING
NON. SEPT, PAS DIX-SEPT.
OH, ARRÊTE ! C'EST MA RÉSERVE PRIVÉE !
C'EST TOUT CE QU'IL ME RESTE !
ALLEZ !

Calumdarian.
Région de l'Expansion.
C'EST... C'EST LE CAPITAINE SOLO !
YAAAAA !
-KOFF- -KOFF-
LOUÉE SOIT LA FORCE...

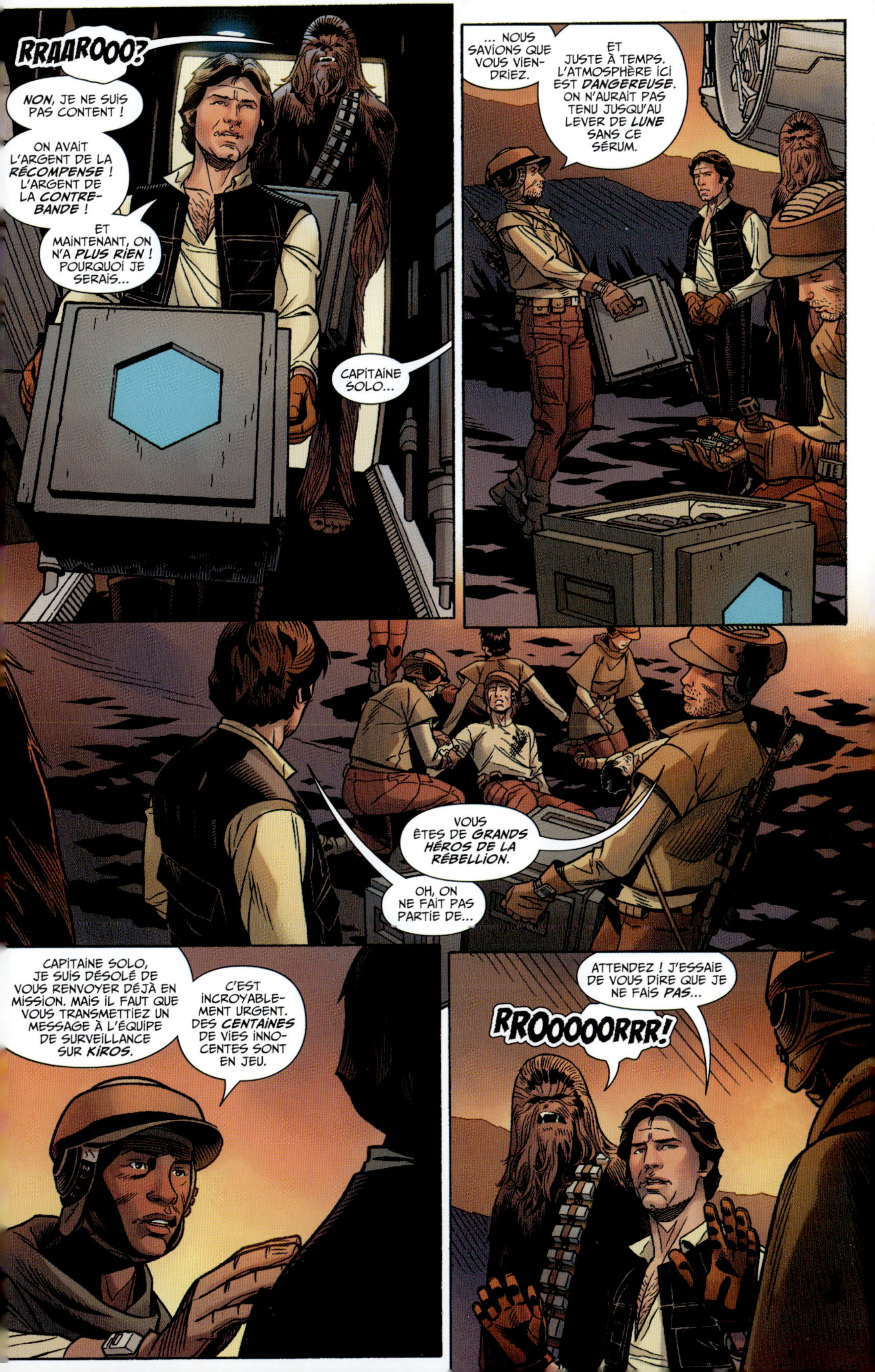
RRAAROOO?
NON, JE NE SUIS PAS CONTENT !
ON AVAIT L'ARGENT DE LA RÉCOMPENSE ! L'ARGENT DE LA CONTREBANDE !
ET MAINTENANT, ON N'A PLUS RIEN ! POURQUOI JE SERAIS...
CAPITAINE SOLO...
... NOUS SAVIONS QUE VOUS VIENDRIEZ.
ET JUSTE À TEMPS. L'ATMOSPHÈRE ICI EST DANGEREUSE. ON N'AURAIT PAS TENU JUSQU'AU LEVER DE LUNE SANS CE SÉRUM.
VOUS ÊTES DE GRANDS HÉROS DE LA RÉBELLION.
OH, ON NE FAIT PAS PARTIE DE...
CAPITAINE SOLO, JE SUIS DÉSOLÉ DE VOUS RENVOYER DÉJÀ EN MISSION. MAIS IL FAUT QUE VOUS TRANSMETTIEZ UN MESSAGE À L'ÉQUIPE DE SURVEILLANCE SUR KIROS.
C'EST INCROYABLEMENT URGENT. DES CENTAINES DE VIES INNOCENTES SONT EN JEU.
ATTENDEZ ! J'ESSAIE DE VOUS DIRE QUE JE NE FAIS PAS...
RROOOOORRR!

QUOI ?
AAOORRRRROORRR RROOOW. AAAR!
D'ABORD, LEIA, ENSUITE, LUKE...
... EN QUOI JE TE SUIS REDEVABLE ?
RROOOOORR!
BON, CETTE FOIS...
... C'EST LE DERNIER SERVICE QUE JE RENDS...
... PARCE QUE JE NE FAIS ABSOLUMENT PAS PARTIE DE LA RÉBELLION !
AAARRRRROO!
Fin

STAR WARS ANNUAL (2015) 3

CHERCHANT UN NOUVEAU LIEU POUR UNE BASE REBELLE SECRÈTE, **HAN SOLO** CONDUIT LA PRINCESSE **LEIA** SUR LA PLANÈTE ODONA. ILS SE RETROUVENT PERDUS DANS LES GROTTES DE CE MONDE ISOLÉ, ALORS QU'UNE IMMENSE TEMPÊTE DE NEIGE SE RAPPROCHE....

DESSIN : **MICHAEL WALSH**

HNF! HNF!
RRRRRAAR
HNF! HNF!
LE PLAFOND...
LE PLAFOND, IDIOT!
TIREZ SUR LE PLAFOND!

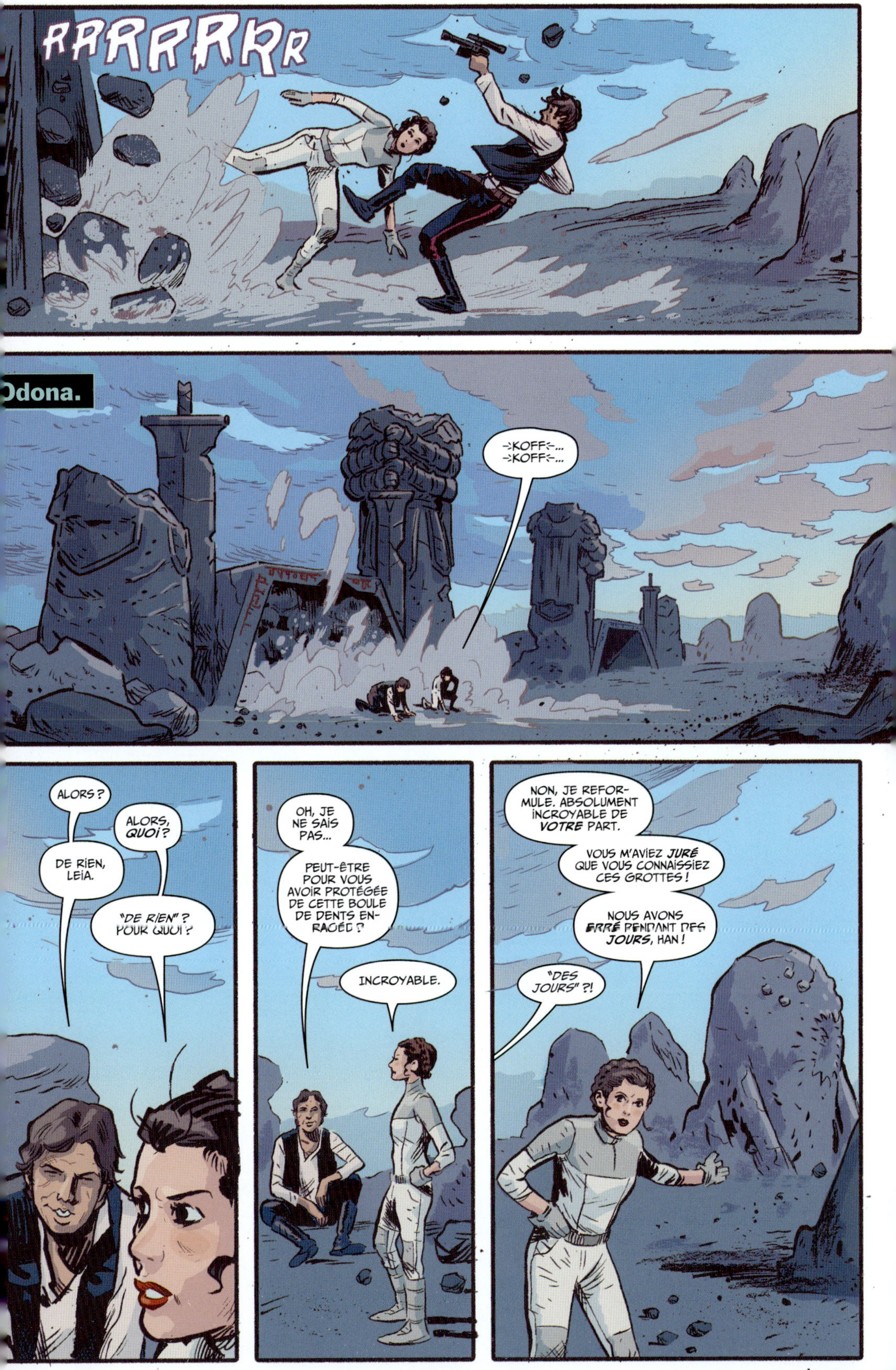
RRRRRRRR
Odona.
-KOFF-... -KOFF-...
ALORS ?
ALORS, QUOI ?
DE RIEN, LEIA.
"DE RIEN" ? POUR QUOI ?
OH, JE NE SAIS PAS...
PEUT-ÊTRE POUR VOUS AVOIR PROTÉGÉE DE CETTE BOULE DE DENTS EN-RAGÉE ?
INCROYABLE.
NON, JE REFOR-MULE. ABSOLUMENT INCROYABLE DE VOTRE PART.
VOUS M'AVIEZ JURÉ QUE VOUS CONNAISSIEZ CES GROTTES !
NOUS AVONS ERRÉ PENDANT DES JOURS, HAN !
"DES JOURS" ?!

COMMENT ÇA, DES "JOURS" ?!
C'ÉTAIT TOUT JUSTE UN JOUR ET DEMI !
VOUS AVEZ SUGGÉRÉ UNE GROTTE REMPLIE DE BÊTES À DENTS FURIEUSES POUR INSTALLER UNE BASE MILITAIRE SECRÈTE !
UNE BÊTE À DENTS FURIEUSE ! UNE !
RRRRGGH... DE TOUTES VOS IDÉES GÉNIALES... CELLE-CI MÉRITE LA PREMIÈRE PLACE. NOUS SOMMES EN TRAIN DE CUIRE DANS CETTE CHALEUR ATROCE... ET MAINTENANT...
CETTE CHOSE QUI NOUS ARRIVE DESSUS !
HÉ ! ÉCOUTEZ, VOTRE SPLENDEUR...
... VOUS M'AVEZ DEMANDÉ UN COIN SECRET, PAS FACILE.
ET CES ANCIENNES GROTTES DE CONTREBANDIERS CORRESPONDENT PARFAITEMENT. UN LABYRINTHE INTERCONNECTÉ. UN ENDROIT OÙ PERSONNE N'IRA CHERCHER.
ET CROYEZ-MOI, CHÉRIE... LÀ, TOUT DE SUITE...
... PERSONNE N'A ENVIE D'Y ALLER !
CLIK CLIK CLEE CLEEK
QU'EST-CE QUE TU...
QU'EST-CE QU'ELLE DIT ?
SELT DIT... ZZZT... PATIENCE.
LE VENT REND LE TIR... ZZZT IMPRÉVISIBLE....
LA PATIENCE N'EST PAS UN LUXE QUE NOUS POUVONS NOUS PERMETTRE...
ICI, ILS SONT EXPOSÉS. S'ILS REJOIGNENT LE RESTE DES REBELLES NOUS N'AURONS PAS D'AUTRE OCCASION...

TIREZ !
PLUS VITE ! SI ON SE FAIT ATTRAPER PAR CETTE TEMPÊTE, ON NE REJOINDRA JAMAIS VOTRE PRÉCIEUSE FLOTTE.
OH, MAINTENANT, VOUS ÊTES PRESSÉ ?
QU'EST-CE QUI VOUS PREND, HAN ?
VOUS PENSIEZ QUE JE NE REMARQUERAIS PAS L'ABSENCE DE CHEWIE ?
VOTRE PETIT PIÈGE MORTEL ROMANTIQUE NE SE DÉROULE PAS COMME PRÉVU ?
HA ! VOUS AVEZ SAUTÉ SUR L'OCCASION DE ME SUIVRE !
AVOUEZ-LE, PRINCESSE... VOUS AVIEZ BESOIN DE VENIR ICI. LOIN DE VOS RÈGLES VIEUX JEU.
VOUS AVEZ BESOIN DE MOI POUR VOUS SENTIR...
PEW
KSSSH
... VIVANTE.
DANS QUEL NOUVEAU PÉTRIN NOUS AVEZ-VOUS FOURRÉS ?!
MOI ?!
JE VOUS JURE QUE JE N'AI RIEN À VOIR AVEC...
PEW
PEW
PEW

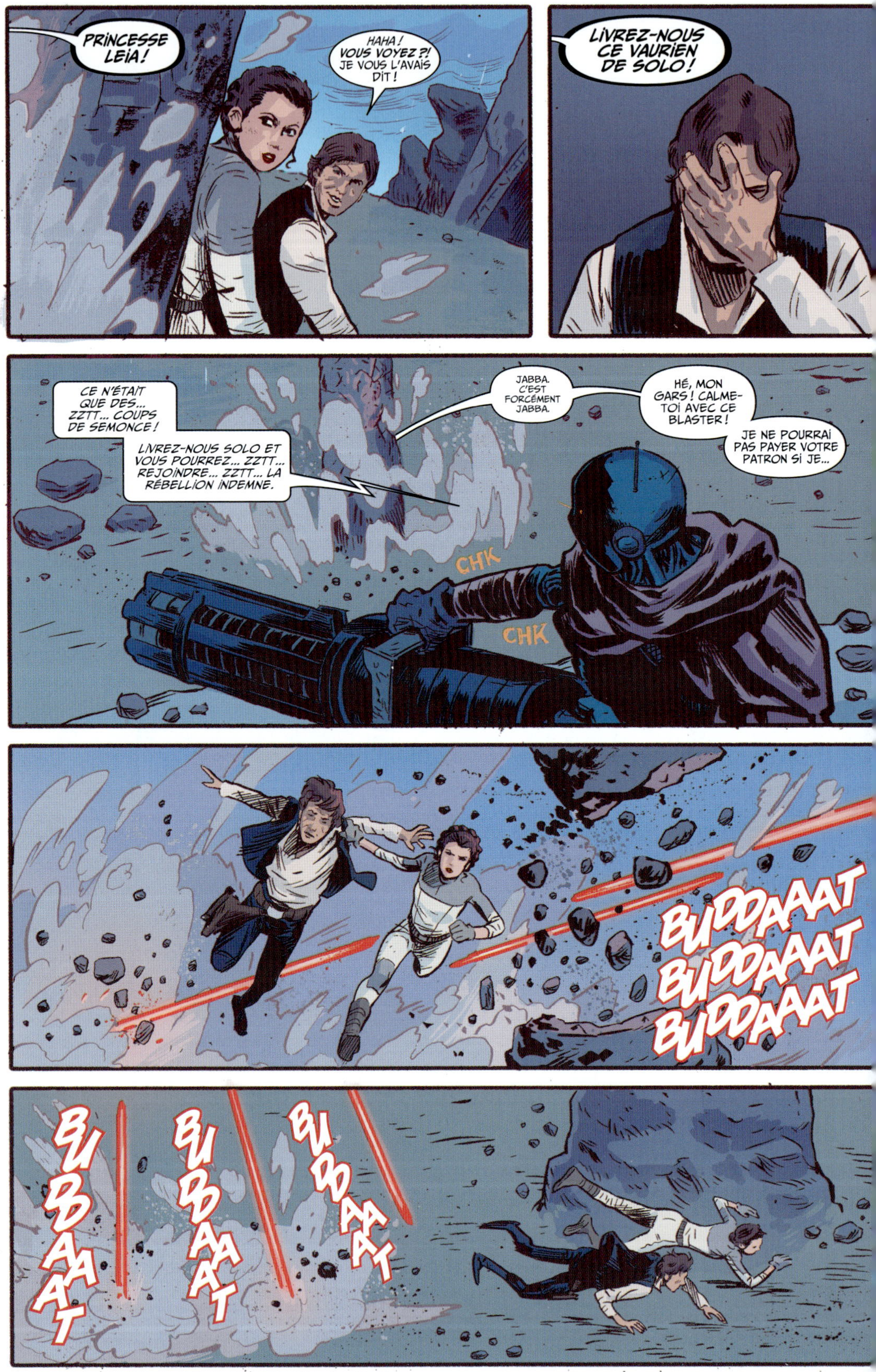
PRINCESSE LEIA !
HAHA ! VOUS VOYEZ ?! JE VOUS L'AVAIS DIT !
LIVREZ-NOUS CE VAURIEN DE SOLO !
CE N'ÉTAIT QUE DES... ZZTT... COUPS DE SEMONCE !
LIVREZ-NOUS SOLO ET VOUS POURREZ... ZZTT... REJOINDRE... ZZTT... LA RÉBELLION INDEMNE.
JABBA. C'EST FORCÉMENT JABBA.
HÉ, MON GARS ! CALME-TOI AVEC CE BLASTER !
JE NE POURRAI PAS PAYER VOTRE PATRON SI JE...
CHK
CHK
BUDDAAAT
BUDDAAAT
BUDDAAAT
BUDDAAAT
BUDDAAAT
BUDDAAAT

HM... JE DOUTE QU'ILS SOIENT LÀ POUR L'ARGENT.
RRRRGH.
BUDDAAAT BUDDAAAT
NOTRE ABRI NE VA PAS DURER LONGTEMPS !
IL FAUT QU'ON PARTE, HAN !
NON... ILS L'ONT DIT. C'EST MOI QU'ILS VEULENT.
VOUS, ALLEZ REJOINDRE LE FAUCON.
QUOI ? HAN, QU'EST-CE QUE...
HAN !
PEW
BUDDAAAT BUDDAAAT BUDDAAAT
BUDDAAAT BUDDAAAT BUDDAAAT
HAN !

ALLEZ AU DIABLE, SOLO.
KABOOM

HNNGH... BRAVO, HAN, BRAVO !
C'EST LE MAUVAIS TUNNEL... HNNGH...
ENCORE !
IL EST DERRIÈRE CES DÉCOMBRES... VENEZ CREUSER !
CREUSER ? ET L'AUTRE ENTRÉE ? ÇA DOIT ÊTRE...
GNHF !
BAH ! IL N'A NULLE PART OÙ ALLER !
NULLE PART OÙ SE CACHER !
SOLO ! JE SAIS QUE TU M'ENTENDS, SOLO !
TA PRINCESSE T'A ABANDONNÉ !
ELLE T'A LAISSÉ À TON SORT !
TOUT COMME TU M'AS ABANDONNÉ...
... AU SORT QUI NOUS A CONDUITS ICI... À CETTE VENGEANCE !
AFFRONTE-MOI, SOLO ! MEURS AVEC LA DIGNITÉ DONT TU N'AS PAS FAIT PREUVE !
PAIE TA DETTE DE SANG !

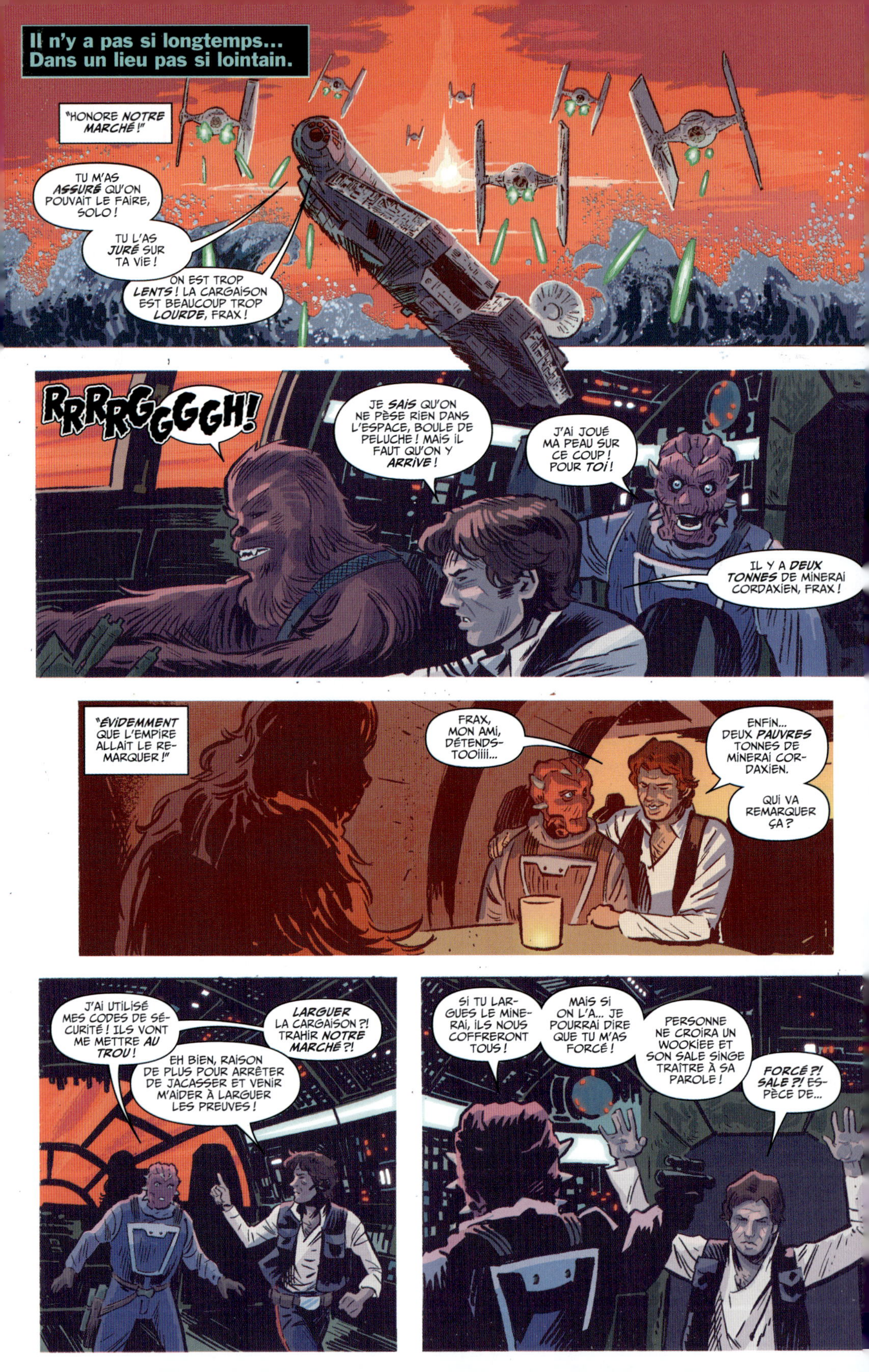
Il n'y a pas si longtemps... Dans un lieu pas si lointain.
"HONORE NOTRE MARCHÉ !"
TU M'AS ASSURÉ QU'ON POUVAIT LE FAIRE, SOLO !
TU L'AS JURÉ SUR TA VIE !
ON EST TROP LENTS ! LA CARGAISON EST BEAUCOUP TROP LOURDE, FRAX !
RRRRGGGGH!
JE SAIS QU'ON NE PÈSE RIEN DANS L'ESPACE, BOULE DE PELUCHE ! MAIS IL FAUT QU'ON Y ARRIVE !
J'AI JOUÉ MA PEAU SUR CE COUP ! POUR TOI !
IL Y A DEUX TONNES DE MINERAI CORDAXIEN, FRAX !
"ÉVIDEMMENT QUE L'EMPIRE ALLAIT LE REMARQUER !"
FRAX, MON AMI, DÉTENDS-TOOIIII...
ENFIN... DEUX PAUVRES TONNES DE MINERAI CORDAXIEN.
QUI VA REMARQUER ÇA ?
J'AI UTILISÉ MES CODES DE SÉCURITÉ ! ILS VONT ME METTRE AU TROU !
LARGUER LA CARGAISON ?! TRAHIR NOTRE MARCHÉ ?!
EH BIEN, RAISON DE PLUS POUR ARRÊTER DE JACASSER ET VENIR M'AIDER À LARGUER LES PREUVES !
SI TU LARGUES LE MINERAI, ILS NOUS COFFRERONT TOUS !
MAIS SI ON L'A... JE POURRAI DIRE QUE TU M'AS FORCÉ !
PERSONNE NE CROIRA UN WOOKIEE ET SON SALE SINGE TRAÎTRE À SA PAROLE !
FORCÉ ?! SALE ?! ESPÈCE DE...

RRRRGGGG...
RRRRGGGGGH!
JE VAIS VOUS TUER... TOUS LES DEUX...
BON SANG, FRAX ! NE...
SHUNK
FWOOSH
PEW
NNNRGH !
ET LÀ ?!
ON EST ASSEZ LÉGER, BOULE DE POILS ?!
SPLSH

RRRNNGH...
Un an plus tard...
CHNKT
CHNKT
CHNKT

CHNKT CHNKT CHNKT
HRRNNGH.
ASSEZ... PITIÉ...
UN JOUR DE PAUSE... PITIÉ...
COMBIEN DE TEMPS TU AS TRAVAILLÉ ICI, FRAX ?
COMBIEN DE TEMPS TU AS AIDÉ L'*EMPIRE* À RESSERRER SON ÉTAU SUR NOUS ?
GLHRRGH... JE PEUX... GLHRRRGH...
GLLRRGH... PAS...
ET MAINTENANT, TU OSES ABANDONNER ? TU OSES IMPLORER NOTRE...
POW POW POW
... PITIÉ ?
WIP WIP WIP
BOOOOM

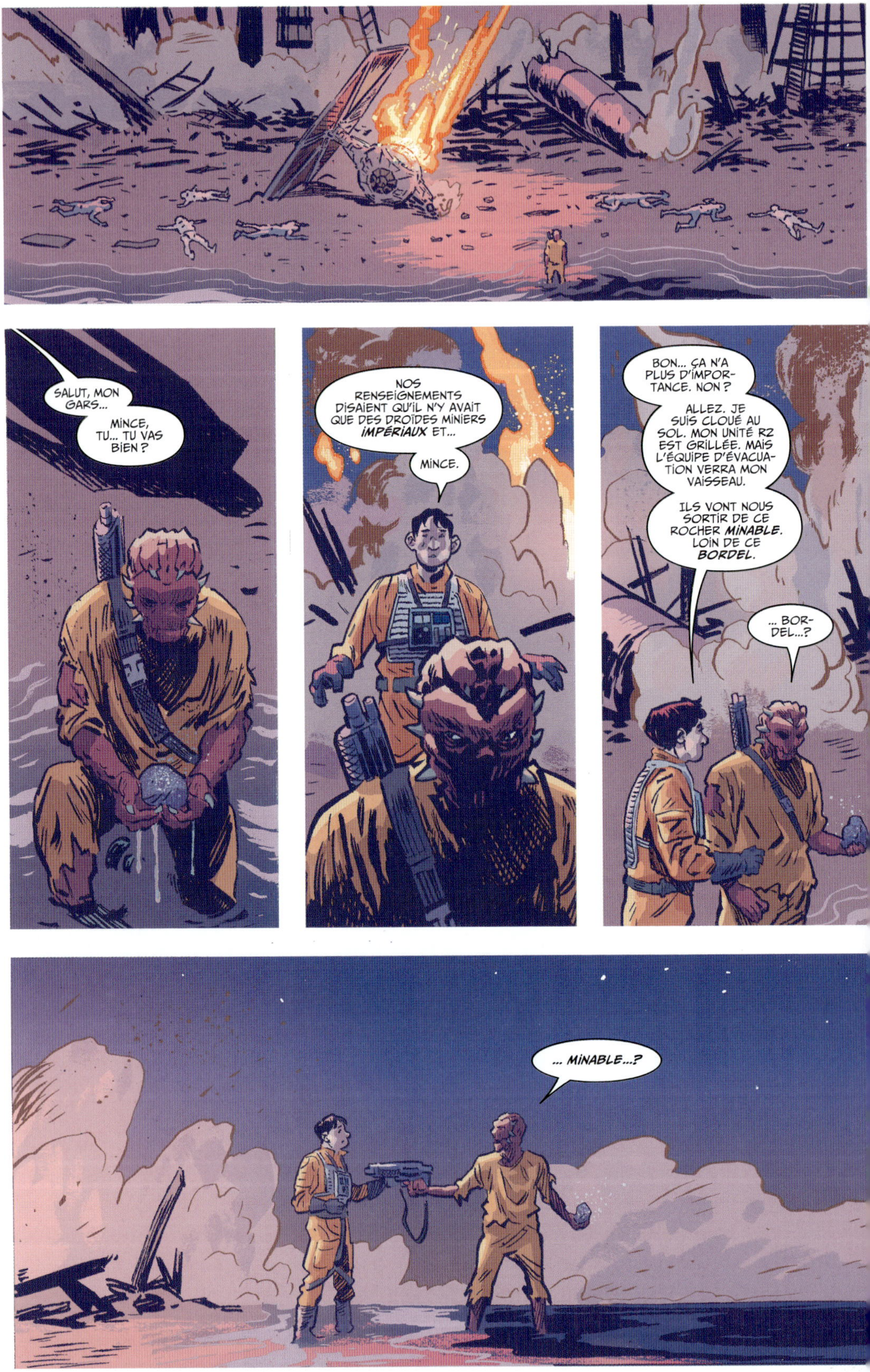
SALUT, MON GARS...
MINCE, TU... TU VAS BIEN ?
NOS RENSEIGNEMENTS DISAIENT QU'IL N'Y AVAIT QUE DES DROÏDES MINIERS *IMPÉRIAUX* ET...
MINCE.
BON... ÇA N'A PLUS D'IMPORTANCE. NON ?
ALLEZ. JE SUIS CLOUÉ AU SOL. MON UNITÉ R2 EST GRILLÉE. MAIS L'ÉQUIPE D'ÉVACUATION VERRA MON VAISSEAU.
ILS VONT NOUS SORTIR DE CE ROCHER *MINABLE*. LOIN DE CE *BORDEL*.
... BORDEL...?
... *MINABLE*...?

"UN AN DANS LES MINES DE CORAIL...
"... QUATRE MOIS SEUL SUR LA MER CORDAXIENNE.
"J'AI SURVÉCU À UN COLO À GRIFFES DE LA TAILLE D'UN RANCOR...
"... J'AI ÉCHAPPÉ AUX BOUCHERS ESCLAVAGISTES DE LA CÔTE DE CUIVRE...
"... J'AI TUÉ UN REQUIN-CALAMAR AUX MILLE BRAS..."
... ET CECI...
... EST TOUT CE QUI ME RESTE.
CHUNK
CLEET CLKT CLKT CLKT
ELLE DIT QUE LA VALEUR DU CAILLOU EST INCONTESTABLE.
MAIS QUEL EST TON PRIX ?
MON PRIX EST LA SEULE CHOSE DANS LA GALAXIE QUI AIT PLUS DE VALEUR POUR MOI.
JE VEUX MON DÛ.
JE VEUX LA VIE DU TRAÎTRE...

"... L'HUMILIATION DE HAN SOLO."
JE VOUS DÉTESTE, SOLO !
ET JE DÉTESTE CE VESTIAIRE FLOTTANT QUE VOUS OSEZ APPELER UN VAISSEAU !
COMMENT JE SUIS CENSÉE COMBATTRE AVEC CE TAS DE FERRAILLE ?!
WHUMP
CLANK
GAH !
OH.
OH, OUI.
J'AIME MIEUX ÇA...

"UN LABYRINTHE INTERCONNECTÉ", HAN ?
J'ESPÈRE POUR VOUS QUE C'EST VRAI.
BUDDAAAT BUDDAAAT
HONORE NOTRE MARCHÉ ?
TU CROIS QUE JE T'AI DOUBLÉ ?! QUE C'EST MOI, L'ESCROC ?
VOUS ÊTES TROIS, AVEC UN BLASTER ROTATIF, FRAX...

... EN QUOI C'EST UN COMBAT LOYAL ?!
CLEE CLK CLK CLK
ELLE DIT QUE VOUS NE DEVRIEZ PAS ÉCOUTER...
... MAIS QUE SOLO A RAISON.
RRRRGGH!
CHK SKR CHK
EE CHK KRT
CHK SKRE
SKREE SKREE
CHK
CHK CHK
UNE SEULE BÊTE À DENTS FURIEUSE, MES FESSES.

CHK CHK SKREE
HNGFF!
PEW PEW PEW
PEW
PEW PEW
RNNGH!

HNGF !
TU M'AS LAISSÉ MOURIR POUR DEUX PAUVRES TONNES DE CAILLOUX, SOLO.
ET C'EST LA FIN POUR TOI. TU VAS MOURIR ICI. SEUL.
UNE VIE QUI VAUT MOINS QU'UN SIMPLE CAILLOU.
FFSHHH
KSH
WHOOOSH

ZZZTT... CE N'ÉTAIT PAS UN TRÈS BON PLAN, PRINCESSE.
HAN !
LE PLAFOND !
PEW
PLSSSHHH
SPRK
AAAAGGGH !

CLEK CLEK CLEK CLEK
PEW
CLK CLEEK CLEK CLIK
RRRARRGGGHH!
PEW
RRRARRGGGHH!
RRRGGGAHHH!
SOLO!

JE... JE SAIS CE QUE VOUS PENSEZ...
... MAIS ON N'ARRIVERA JAMAIS... TOUS LES DEUX...
... MÊME COLLÉS L'UN CONTRE L'AUTRE... TROP LENTS... TROP FROID... ON GÈLERAIT SUR PLACE...
MAIS TOUTE SEULE... ASSEZ VITE...
HAN. ARRÊTEZ.
NOUS SOMMES PARTIS DEPUIS LONGTEMPS. L'ALLIANCE VIENDRA...
VOUS CHERCHER VOUS, PEUT-ÊTRE... MAIS... PAS... MOI...
CE COUP, C'ÉTAIT MON IDÉE... J'AI CONVAINCU FRAX...
JE L'AI JETÉ PAR-DESSUS BORD... J'AI FUI... COMME TOUJOURS...
ÉCOUTEZ-MOI, SOLO. PERSONNE NE VOIT VOS DÉFAUTS AUSSI BIEN QUE MOI.
MAIS CE FRAX... IL VOUS ACCUSE PARCE QUE C'EST COMMODE.
C'EST PLUS FACILE QUE D'ASSUMER SES PROPRES CHOIX.
P-PEU IMPORTE, LEIA...
FRAX OU PAS...
... J-J'AI FAIT DES CHOSES... FAIT SOUFFRIR DES GENS...
... JE NE POURRAI PAS FUIR ÉTERNELLEMENT.

CLKK CLEEEK CKLLK
SELT DIT QUE VOUS AVEZ DIT QUE SOLO ÉTAIT UN... ZZT... LÂCHE.
QUE LA FILLE N'ÉTAIT... ZZZT... QU'UNE PRINCESSE.
LA VOIE EST BLOQUÉE... ZZTT.
ON REBROUSSE CHEMIN... ZZT... ON ATTEND QUE LA TEMPÊTE SE CALME.
ON SORT... ZZTT... PAR LES CAVERNES OÙ SOLO EST ENTRÉ.
ON RENTRE. VOUS POUVEZ...ZZTT... GARDER VOTRE ARGENT.
ALORS, VOUS ALLEZ VOUS ENFUIR ?
TRAHIR NOTRE **MARCHÉ** ?
PAS QUES-TION.

VENEZ... DÈS QUE LA PROCHAINE RAFALE CESSE.
ON COURT. ON...
LEIA. JE NE P-PEUX PAS... JE NE...
OUIII...
TU AS RAISON LÀ-DESSUS, S-S-SOLO...
T-TU N'IRAS NULLE PART...
BON SANG, FRAX. NE FAIS PAS ÇA... NE ME FORCE PAS...
PEUH ! TON B-BLASTER T-TREMBLE. CE N'EST P-PAS COMME ÇA QUE FRAX P-PÉRIRA...
J'AI ENCAISSÉ... DES TORTURES BIEN P-PIRES QUE LE F-F-FROID...
AFFRONTÉ DES HO-HORREURS... PIRES QUE LA M-MORT...
T-TU NE P-PEUX PLUS FUIR, SOLO... NI TE C-CACHER !
S-SORS D-DE LA GROTTE... ***FINISSONS-EN*** COMME D-DES HOMMES...
MESSIEURS... MESSIEURS...

J'EN AI ASSEZ QUE VOUS PARLIEZ COMME SI JE N'ÉTAIS PAS LÀ.
PEW
SORTEZ DE LÀ, HAN !
P-P-PAUVRE FOLLE !
PEW
T-TU AS BOUCHÉ LES DEUX EN-TRÉES ?!
TU NOUS AS TOUS CONDAMNÉS, FILLETTE !
"FILLETTE" ?
HÉHÉ...

... JE VOUS PRIE DE M'APPELER PRINCESSE.
OH, PAUVRE FRAX !
TOUJOURS ABANDONNÉ !
RRGH!

HNGH !
HNFG !
NON...
JE NE PEUX... PAS... RENONCER... JE...
CRNCH
CRNCH

NON!
RRRRHHHHGGGGHHH!

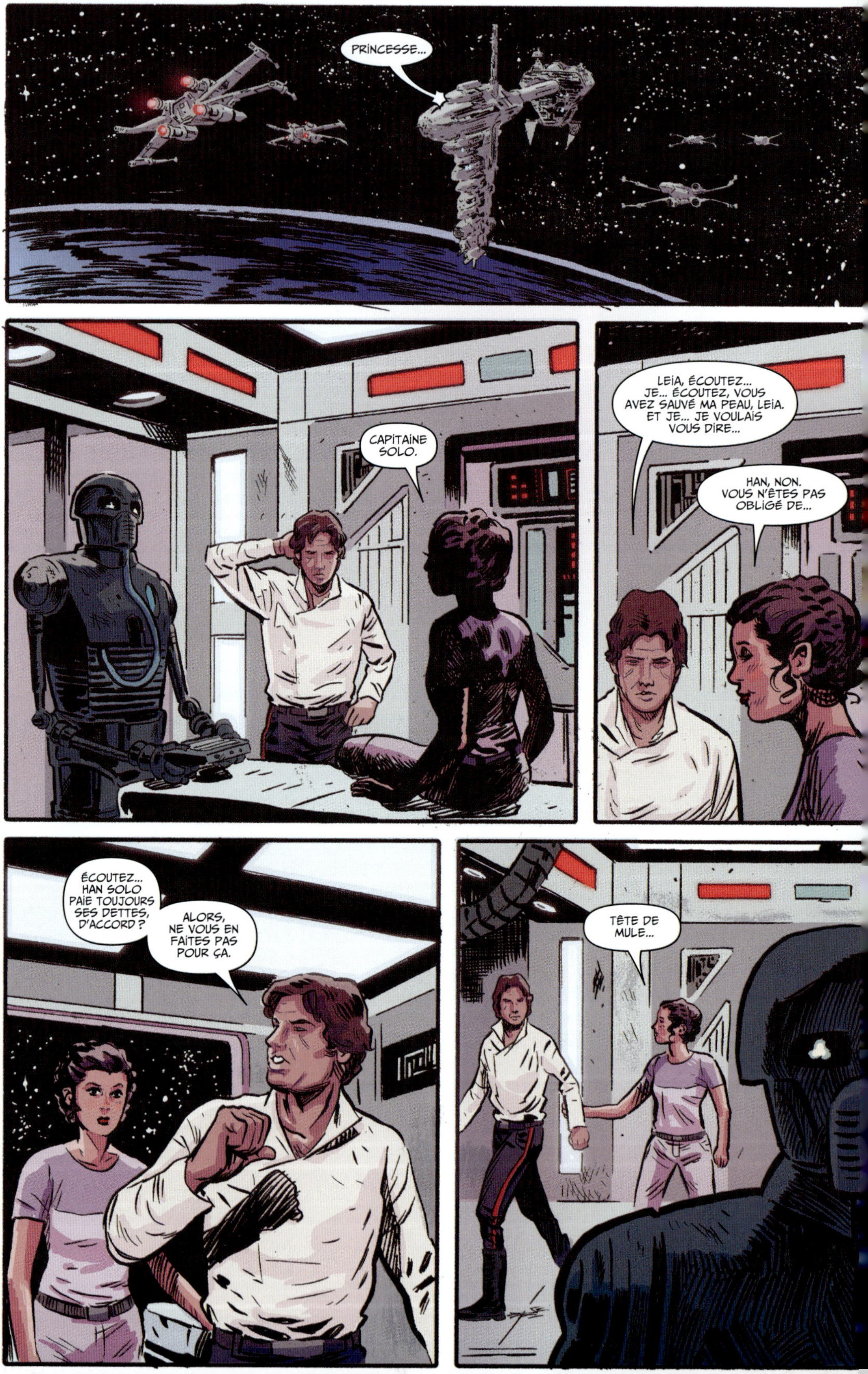
PRINCESSE...
CAPITAINE SOLO.
LEIA, ÉCOUTEZ... JE... ÉCOUTEZ, VOUS AVEZ SAUVÉ MA PEAU, LEIA. ET JE... JE VOULAIS VOUS DIRE...
HAN, NON. VOUS N'ÊTES PAS OBLIGÉ DE...
ÉCOUTEZ... HAN SOLO PAIE TOUJOURS SES DETTES, D'ACCORD ?
ALORS, NE VOUS EN FAITES PAS POUR ÇA.
TÊTE DE MULE...

VOUS NE ME DEVEZ *RIEN*, HAN.
IL N'Y A PAS D'ARDOISE AU SEIN DE L'ALLIANCE.
ET NOUS NE REJETONS PAS LA FAUTE SUR LES AUTRES QUAND NOS *CHOIX* TOURNENT MAL.
NOUS ESSAYONS DE RATTRAPER LA SITUATION...
... ENSEMBLE.
HÉHÉ. OUAIS... OUAIS...
VOUS ÊTES VRAIMENT SPÉCIALE, VOUS LE SAVEZ, PRINCESSE ?
OH, VOUS ADOREZ ME SERMONNER, HEIN ?
ME RAPPELER CONSTAMMENT COMBIEN VOUS ÊTES HONORABLE !
EH BIEN, PAS QUESTION, CHÉRIE ! PAS CETTE FOIS ! UNE DETTE EST UNE DETTE !
ET JE N'IRAI NULLE PART TANT QUE NOUS NE SERONS PAS QUITTES !
QUE ÇA VOUS PLAISE OU *NON* !
FIN

HAN SOLO (2016) 1

HAN SOLO A PRIS DU RECUL PAR RAPPORT À LA CAUSE REBELLE ET S'EST CONCENTRÉ SUR CE QU'IL FAIT DE MIEUX : LA CONTREBANDE. DE NATURE MÉFIANTE, IL REGARDE DE TRAVERS TOUS CEUX QUI CROISENT SA ROUTE. MALHEUREUSEMENT POUR LUI, IL NE POURRA PAS FAIRE PROFIL BAS ÉTERNELLEMENT....

DESSIN : **LEE BERMEJO**

TOUT A COMMENCÉ PAR UNE LIVRAISON DE MINERAI.
MAIS QUELQUE CHOSE CLOCHAIT ALORS, JE L'AI LAISSÉE SUR LE QUAI, MALGRÉ LA PÉNALITÉ QUE ÇA ME COÛTERAIT. JE PRÉFÉRAIS PARTIR TRANQUILLE.
PUIS, J'AI REFUSÉ UN TRANSPORT TRÈS LUCRATIF D'ARMES POUR KONOS.
ENCORE APRÈS ÇA, UNE MISSION QUI N'AURAIT PRIS QU'UN JOUR M'A PARU SUSPECTE.
CHEWIE DIT QUE J'AI PEUR.
JE PRÉFÈRE PENSER QUE JE SUIS PRUDENT.
MAIS SI ÇA CONTINUE, ON VA ÊTRE À COURT DE CARBURANT ET DE CRÉDITS.
QUELQUE CHOSE CLOCHE.
LE PIRE, C'EST QUE JE N'AI PAS PEUR. JE ME SENS...
PRÊT À ME DONNER TA RÉPONSE, SOLO ? C'EST UNE BONNE MISSION. ET CE SERA DU GÂTEAU, AVEC UN VAISSEAU COMME LE TIEN.

ÇA NE ME DIT RIEN QUI VAILLE, KATRULL. PARAIT QUE LES IMPÉRIAUX QUADRILLENT LE SECTEUR.
TU FAIS TON DIFFICILE.
ÇA NE TE RESSEMBLE PAS, HAN.
ON POURRAIT CROIRE QUE TU AS PERDU LA...
GAFFE À CE QUE TU VAS DIRE.
BAH, MA PROPOSITION TIENT JUSQU'À MINUIT.
MAIS DIS-TOI QUE SI TU TE FAIS UNE RÉPUTATION DE TROUILLARD, TU VAS VITE ÊTRE À COURT D'OFFRES.
MERCI POUR LE TUYAU, KATRULL. TRÈS UTILE.
MAIS IL A RAISON.
POURQUOI JE N'ARRIVE PAS À ACC...
HUH. JE LA CONNAIS. UN VISAGE COMME ÇA NE S'OUBLIE PAS.
ELLE ÉTAIT AUSSI À NOTRE DERNIÈRE ESCALE.
CE N'EST PAS BON. QUAND ON VOIT LA MÊME PERSONNE SUR DEUX MONDES, LE MIEUX EST DE...

... FILER.
ARRÊTE-TOI TOUT DE SUITE.
SUIS-NOUS, SOLO.
IL FAUT QU'ON PARLE AFFAIRES.
MIEUX VAUT QUE CE SOIT INTÉRESSANT, PARCE QUE JE N'APPRÉCIE PAS DE ME FAIRE BRAQUER.
ET VOUS ME METTEZ AUSSI EN RETARD.
N'Y PENSE MÊME PAS.
DU CALME. ON VEUT SEULEMENT TE PARLER.
VOUS AURIEZ PU VENIR ME VOIR DEPUIS UN MOMENT. POURQUOI MAINTENANT ?
ON ATTENDAIT LE BON MOMENT.
COMME ON A COMPRIS QU'IL N'ARRIVERAIT PAS, ON PREND LES DEVANTS.
BREF, ON EN EST LÀ.

UM.
BE-BEEEP!
AAAARRRRRGH.
GAAAARGGH.
TOI AUSSI MON VIEUX. MERCI DE NOUS RENCONTRER ICI.
TU LES CONNAIS, CHEWIE ?
QUELQU'UN VEUT BIEN ME DIRE CE QUI SE PASSE ?
ÉVIDEMMENT. J'AURAIS DÛ M'EN DOUTER.
QUE ME VEUT ENCORE SA SPLENDEUR ?
AIE UN PEU DE RESPECT, SOLO.
HAN, J'AI BESOIN DE VOTRE AIDE. ADAME ET SELENTIA VOUS DONNERONT LES DÉTAILS. IL EST VITAL QUE VOUS LES ÉCOUTIEZ.
MON AIDE ? MAIS POUR QUI ELLE...
ET IL Y A UNE RÉCOMPENSE.
JE SUIS TOUT OUÏE.
ON VEUT UTILISER TON VAISSEAU.
SYMPA D'ÊTRE PASSÉS. SALUT !

ÇA NE SERAIT QUE POUR QUELQUES JOURS DANS LE SECTEUR DE GOMAR.
C'EST LOIN, GOMAR. ET CE N'EST CLAIREMENT PAS UNE BALADE QUE J'AI ENVIE DE FAIRE.
QUI A DIT QUE TU VIENDRAIS ?
J'AI MAL ENTENDU.
ON A BESOIN DE TON VAISSEAU, PAS DE TOI. COMME JE L'AI DIT, ÇA NE SERAIT QUE...
NON.
MÊME PAS EN RÊVE.
PERSONNE NE PILOTE LE FAUCON À PART CHEWIE ET MOI.
SA SPLENDEUR A PERDU LA BOULE ? POURQUOI JE LAISSERAIS UN INCONNU TOUCHER À MON VAISSEAU ?
PARCE QUE CONTRAIREMENT À TOI, ON SAIT QUELLES SONT NOS PRIORITÉS.
ON AIDE LA RÉBELLION DÈS QU'ON LE PEUT, ON EST FIABLES.
EN D'AUTRES TERMES, ON EST LOYAUX.
EH ! VOUS ÉTIEZ OÙ PENDANT LA BATAILLE DE YAVIN ? JE VOUS SIGNALE QUE PERSONNE NE M'A FORCÉ À Y PRENDRE PART. JE L'AI FAIT À MES RISQUES ET PÉRILS. SI ÇA, CE N'EST PAS DE LA LOYAUTÉ !
TU NOUS LOUES LE FAUCON OU PAS ?
ON NE T'Y CONTRAINDRA PAS, MAIS IL NOUS FAUT UNE RÉPONSE.
DE TOUTE FAÇON, TU N'EN FAIS PAS GRAND-CHOSE, EN CE MOMENT.
RRRAAAARGH!
BAH, C'EST VRAI, CHEWBACCA.

JE N'AVAIS REJOINT LA RÉBELLION QUE POUR ME FAIRE DE L'ARGENT FACILE.
JE PENSAIS QU'ON FERAIT NOTRE BOULOT, EMPOCHERAIT LA RÉCOMPENSE, REMBOURSERAIT NOTRE DETTE ET QU'ON S'EN IRAIT À BORD DU *FAUCON*.
J'AVAIS TORT.
JE SUIS PEUT-ÊTRE AUSSI BÊTE QU'ELLE LE DIT.
VOUS AVEZ DU CULOT, TRÈS CHÈRE ! ÉTABLIR UN PLAN INCLUANT ***MON*** VAISSEAU SANS QUE ***JE*** LE PILOTE ?!
ON NE PEUT PAS EN DISCUTER MAINTENANT.
OH, SI, ON VA EN DISCUTER ICI ET MAINTENANT ! JE N'AI PAS FAIT LE VOYAGE JUSQU'À CE TAS DE BOUE POUR QUE VOUS M'IGNORIEZ COMME D'HABITUDE.
OU PEUT-ÊTRE QUE QUELQUE CHOSE A CHANGÉ.
VOUS AVEZ FINI ?

NON. JE VOUS AI DIT QUE J'AVAIS BESOIN DE TEMPS POUR REMBOURSER JABBA.
NOUS VOUS EN AVONS DONNÉ SUFFISAMMENT. VOUS N'ÊTES PAS AUSSI BON QUE VOUS LE PRÉTENDEZ, SI VOUS N'AVEZ PAS ÉTÉ CAPABLE DE GAGNER DE QUOI EFFACER VOTRE DETTE.
NON, MAIS POUR QUI VOUS VOUS...
ASSEZ ! IL Y A PLUS EN JEU QUE VOTRE EGO.
C'EST LE PILOTE QUI NOUS CAUSE TANT DE SOUCIS ?
JE NE VOIS PAS CE QU'IL A D'IMPRESSIONNANT. NE VOUS VEXEZ PAS, JEUNE HOMME.
D'APRÈS CE QUE LA PRINCESSE M'A DIT, VOUS ÊTES DÉSORDONNÉ, MALHONNÊTE ET, SINCÈREMENT, JE DOUTE DE VOTRE INTELLIGENCE.
SYMPA. C'EST QUI, VOTRE AMI ?
LE GÉNÉRAL AIREN CRACKEN, CHEF DE LA SÉCURITÉ ET DES RENSEIGNEMENTS DE LA RÉBELLION.
SI JE POUVAIS...
JE SUIS SÛR QUE VOUS PARVIENDRIEZ À ME CONVAINCRE, DANS UNE AUTRE SITUATION, MAIS NOUS N'AVONS PAS LE TEMPS.
L'ENJEU EST TROP IMPORTANT, ET NOTRE PLAN POURRAIT RATER POUR MILLE RAISONS. À COMMENCER PAR *LUI*.
HÉ !

JE SUIS *CENSÉ* ÊTRE IMPRESSIONNÉ ?
POURQUOI AVEZ-VOUS BESOIN DE MON VAISSEAU ?
DANS NOTRE DOMAINE, NOUS APPELONS ÇA UNE INFORMATION TOP SECRÈTE.
ALORS, ON N'A RIEN À SE DIRE.
GÉNÉRAL, NOUS SOMMES *À COURT* D'OPTIONS ET DE TEMPS. SI CE N'ÉTAIT PAS LE CAS, IL NE SERAIT PAS ICI.
NOUS N'AVONS PAS L'ÉQUIVALENT DE SON VAISSEAU, DANS NOTRE FLOTTE. IL PEUT GAGNER CETTE COURSE ET SURTOUT, IL PASSERA INAPERÇU.
MÊME S'IL RESSEMBLE À UNE POUBELLE.
HÉ !
IL PEUT Y ARRIVER. JE SAIS QUE C'EST DUR À CROIRE, MAIS C'EST VRAI.
JE N'ÉTAIS PAS D'ACCORD LORSQUE VOUS AVEZ PROPOSÉ SOLO POUR CETTE MISSION, ET JE LE SUIS ENCORE MOINS MAINTENANT. VOUS SAVEZ MIEUX QUE QUICONQUE QUEL EN EST L'ENJEU.
SOLO A BEAU ÊTRE *VOTRE* PREMIER CHOIX, IL EST LOIN D'ÊTRE LE MIEN.
CERTES, MAIS NOUS N'AVONS QUE LUI ET NOUS N'AVONS PLUS DE TEMPS.
JE SUIS LÀ, VOUS SAVEZ ?
NOUS AVONS ÉTABLI UN RÉSEAU D'INFORMATEURS DANS LES SYSTÈMES IMPÉRIAUX, AU FIL DES ANS. ILS N'AVAIENT QU'UN SEUL OBJECTIF.
LEURS CHANCES DE SUCCÈS N'ÉTAIENT PAS BRILLANTES, MAIS LE MOIS DERNIER, NOUS AVONS REÇU UN MESSAGE DE CE COLLECTIF ANNONÇANT QU'ILS AVAIENT RÉUSSI.
PUIS, ILS ONT TOUS ÉTÉ TUÉS, UN PAR UN.

IL N'EN RESTE QUE TROIS, ET ILS ONT DES INFORMATIONS VITALES. VOILÀ POURQUOI NOUS AVONS BESOIN DE VOTRE VAISSEAU.
C'EST ÇA.
IL Y A FORCÉMENT UNE AUTRE RAISON. N'IMPORTE QUI, Y COMPRIS LES CONTREBANDIERS QUE VOUS M'AVEZ ENVOYÉS, POURRAIT ALLER CHERCHER VOS ESPIONS.
QU'EST-CE QUE VOUS ME CACHEZ ?
IL Y A UNE TAUPE DANS LA RÉBELLION. PLUS D'UNE, VRAISEMBLABLEMENT.
ON NE PEUT PAS UTILISER NOS VAISSEAUX, NI ENVOYER UN REBELLE NOTOIRE. ET LA PERSONNE QUI SE CHARGERA DE CETTE MISSION DEVRA AVOIR UNE BONNE RAISON D'ÊTRE DANS CE SYSTÈME.
COMME FAIRE LA COURSE DU VIDE DU DRAGON.
L'UNE DES COURSES LES PLUS PRESTIGIEUSES ET DANGEREUSES DE LA GALAXIE.
JE SAIS CE QUE C'EST. TOUT PILOTE QUI SE RESPECTE A RÊVÉ DE LA GAGNER. MAIS LES FRAIS D'INSCRIPTION RUINERAIENT UN HUTT.
NOUS LES AVONS DÉJÀ PAYÉS.
IL NE NOUS RESTE PLUS QU'À CERTIFIER LES NOMS DU PILOTE ET DU VAISSEAU.
LA COURSE PASSE PAR TROIS PLANÈTES POUR DES RAVITAILLEMENTS OBLIGATOIRES. NOUS COMPTONS DIRE À NOS INFORMATEURS DE VOUS REJOINDRE SUR CES MONDES, PENDANT L'ESCALE.
ET QUAND VOTRE TAUPE AURA PRÉVENU LES IMPÉRIAUX, CHEWIE ET MOI SERONS ENCORE DANS DE BEAUX DRAPS.
LES SEULES PERSONNES À SAVOIR QUE VOUS ÊTES IMPLIQUÉS SERONT LE GÉNÉRAL ET MOI.
SI VOUS ÊTES PRIS, NOUS AURONS AU MOINS RÉDUIT LE NOMBRE DE TRAÎTRES POTENTIELS.
EN EFFET.

LA QUESTION EST DONC... ÊTES-VOUS PARTANT ?
SOUVENEZ-VOUS, HAN. LA MISSION AVANT TOUT. DES VIES SONT EN JEU. PAS UNIQUEMENT CELLES DES INFORMATEURS, MAIS LES NÔTRES AUSSI.
LA COURSE N'EST QU'UNE COUVERTURE, PAS VOTRE OBJECTIF.
VOUS CROYEZ QUE JE NE L'AI PAS COMPRIS ? JE NE SUIS PAS AUSSI BÊTE QUE LE PENSE LE GÉNÉRAL COINCÉ.
VOUS ÊTES IMPULSIF, HAN. C'EST PRESQUE AUSSI DANGEREUX.
AU MOINS, VOUS NE SYMPATHISEZ PAS AVEC L'EMPIRE.
NI VRAIMENT AVEC NOUS.
QUELLE AMABILITÉ !
VOUS SAVEZ, ÇA RISQUE D'ÊTRE SUSPECT, SI JE PARS COMME ÇA.
VOUS PARTEZ TOUT LE TEMPS ET PERSONNE N'Y PRÊTE ATTENTION.
CETTE FOIS, C'EST DIFFÉRENT. JE SUIS EN MISSION.
DONC... VOUS VOULEZ QU'ON PENSE QUE VOUS AVEZ DE BONNES RAISONS DE NOUS QUITTER ?
C'EST ÇA.

MAIS QU...?!
VOUS N'ÊTES PAS LE BIENVENU ICI, ESPÈCE DE SALE ESCROC MAL EMBOUCHÉ ! DÉGAGEZ DE CE VAISSEAU !
ET NE REVENEZ JAMAIS.
COMPTEZ LÀ-DESSUS !
NON.

"PILOTES, BIENVENUE À LA COURSE DU VIDE DU DRAGON. LA COURSE LA PLUS VIEILLE ET LA PLUS DANGEREUSE DE LA GALAXIE.
"COUREZ OU MOUREZ EST NOTRE DEVISE.
"COUREZ, MOUREZ... OU DÉBINEZ-VOUS."
INSCRIPTION, S'IL VOUS PLAÎT.
ARRRRGGGH.
HAN SOLO, CONFIRMÉ.
FRAIS D'INS-CRIPTION PAYÉS.
FÉLICITATIONS. VOUS PILOTEREZ LE FAUCON MILLENIUM DANS LE VIDE DU DRAGON.

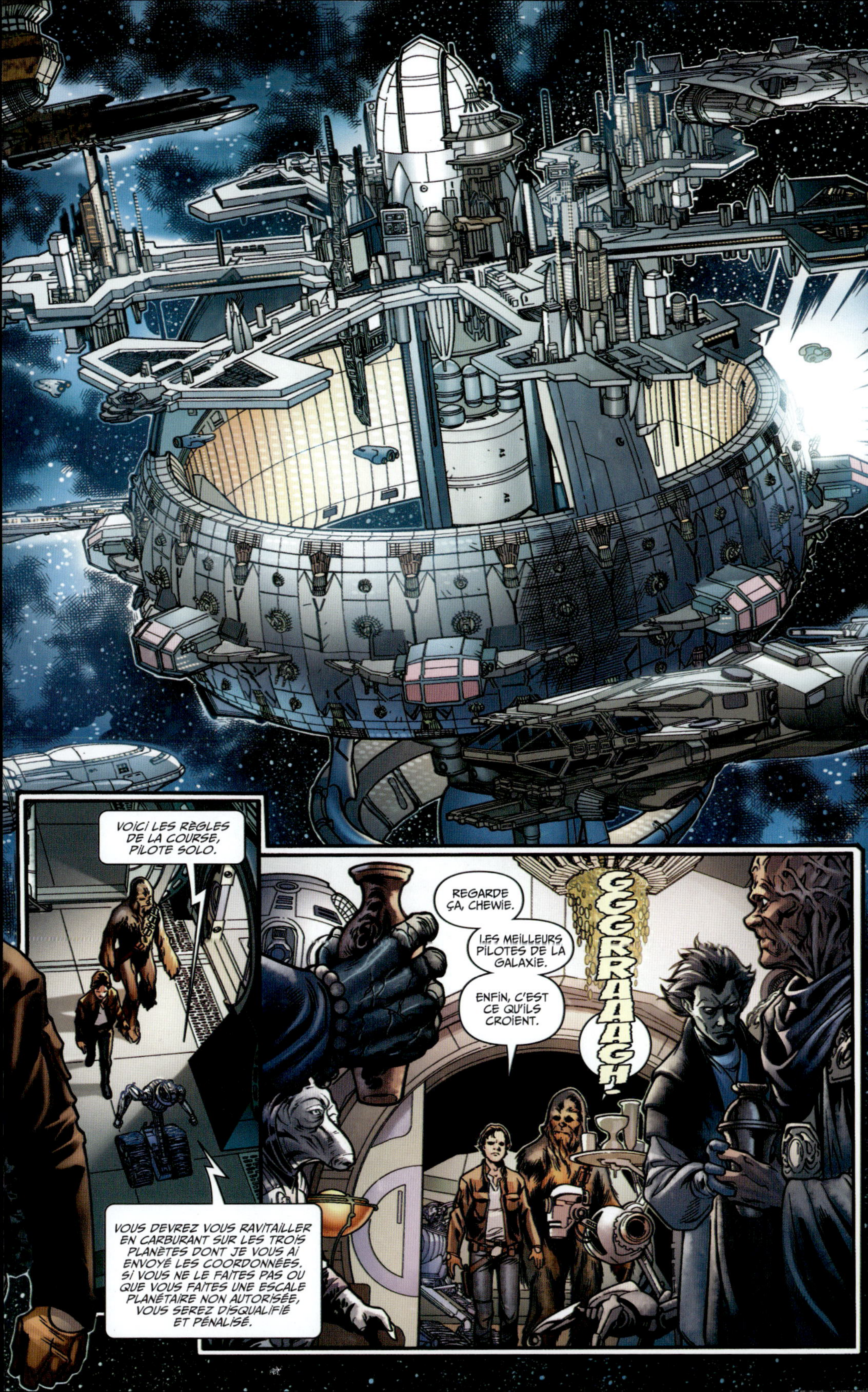

VOICI LES RÈGLES DE LA COURSE, PILOTE SOLO.
REGARDE ÇA, CHEWIE.
LES MEILLEURS PILOTES DE LA GALAXIE.
ENFIN, C'EST CE QU'ILS CROIENT.
GGGRRAAAGH !
VOUS DEVREZ VOUS RAVITAILLER EN CARBURANT SUR LES TROIS PLANÈTES DONT JE VOUS AI ENVOYÉ LES COORDONNÉES. SI VOUS NE LE FAITES PAS OU QUE VOUS FAITES UNE ESCALE PLANÉTAIRE NON AUTORISÉE, VOUS SEREZ DISQUALIFIÉ ET PÉNALISÉ.

SUPER FÊTE, PAS VRAI ?
MAIS BON, ON DIRAIT QUE CES PILOTES N'ONT JAMAIS MIS LES MAINS DANS LE CAMBOUIS.
RRRRVWWWAAAAR.
POURQUOI JE ME SENTIRAIS INTIMIDÉ ?
JE SUIS LE MEILLEUR PILOTE, ICI. ET NOTRE VAISSEAU EST LE PLUS RAPIDE.
LE MEILLEUR PILOTE, HEIN ? AVEC LE MEILLEUR VAISSEAU ?
JE TE TROUVE BIEN ARROGANT DE DIRE ÇA ICI.
SURTOUT QUE PERSONNE NE TE CONNAÎT.
QUELLES COURSES AS-TU DÉJÀ GAGNÉES ? QUI EST TON SPONSOR ?
J'AI PAYÉ LES FRAIS MOI-MÊME.
ET JE NE COURS PAS. JE FAIS DES RAIDS. ÇA, C'EST DU SÉRIEUX, UNE QUESTION DE VIE OU DE MORT. J'AI RÉUSSI CELUI DE KESSEL EN DOUZE PARSECS.
ALORS, CONTINUEZ À PARLER DE COURSES ET DE SPONSORS TANT QUE VOUS VOULEZ. JE VOUS ATTENDRAI À L'ARRIVÉE.

D'AC-CORD ! JE COMPRENDS MIEUX.
TU ES UN CONTREBAN-DIER !
TU T'ES PERDU, ON DIRAIT.
DROÏDE ! DROÏDE !
CET HUMAIN N'A RIEN À FAIRE ICI. FAITES-LE SORTIR.
RRRWWWAAAARRRGH.
DU CALME, CHEWIE.
C'EST IMPOS-SIBLE. IL EST INSCRIT EN TANT QUE PILOTE DE COURSE.
VOUS VOYEZ, PAS LA PEINE DE S'EXCITER. JE SUIS DÛMENT INSCRIT.
TU VEUX COU-RIR CONTRE NOUS, CONTREBANDIER ? TU AS PERDU LA TÊTE.
NOUS SOMMES LES MEILLEURS. NOUS NE NOUS ENTRAÎNONS QUE POUR CETTE COURSE.
NOS VAISSEAUX SONT ÉQUIPÉS DE TECHNOLOGIES DE POINTE ET NOUS AVONS DES ÉQUIPES POUR CHAQUE SYSTÈME DE NOTRE VAISSEAU.
ET TOI, QU'AS-TU ? UN TAS DE TÔLE ET UN WOOKIEE ?
PEUT-ÊTRE A-T-IL UN CŒUR.

ET LA LOYAUTÉ DE SON ÉQUIPAGE.
CELA S'EST SOUVENT AVÉRÉ SUFFISANT, POUR MON PEUPLE.
REGARDEZ-MOI, JE SUIS SEULE, ET MON VAISSEAU EST AUSSI VIEUX QU'UNE ÉTOILE.
REMETTEZ-VOUS MES COMPÉTENCES EN QUESTION ?
NON. JAMAIS.
VOUS ÊTES TOUS SI JEUNES. C'EST AUTANT UNE BÉNÉDICTION QU'UNE MALÉDICTION.
QUI EST-CE ?
TU NE LA RECONNAIS PAS ?
C'EST LOO RE ANNO.
ET ELLE EST TOUJOURS EN FORME. C'EST LA MEILLEURE PILOTE DE LA GALAXIE.
ET LA PLUS VIEILLE.
ELLE N'EST PAS ENCORE MORTE...
... MAIS NOUS PARIONS TOUS QUE CE SERA SA DERNIÈRE COURSE.

"CE SERA LA DERNIÈRE DE TOUS CEUX QUI NE SONT PAS PRÊTS.
"LE VIDE DU DRAGON ENGLOUTIT LES PRÉSOMPTUEUX ET LES BLEUS."
GRRAAARGH.
MAIS NON, JE NE SUIS PAS NERVEUX. POURQUOI LE SERAIS-JE ?
ÇA VA BIEN SE PASSER.
FAITES CHAUFFER LES MOTEURS ! LA COURSE DE VOTRE VIE VA DÉBUTER DANS TROIS... DEUX...
ET AU DIABLE LEIA. ON VA LA GAGNER CETTE COURSE.

... UN !
WAHOU !
ÇA VA ÊTRE DU GÂTEAU, CHEWIE.
PRÉPARE-TOI À SORTIR DE L'HYPERESPACE, HISTOIRE QU'ON ÉVITE LES MAUVAISES SUR...

... PRISES.
QU'EST-CE QU...?!
CHEWIE ! REDIRIGE TOUT LE JUS SUR LES DÉFLECTEURS AVANT !
CE... CE N'EST PAS... CENSÉ... ARRIVER...
CES VAISSEAUX QUI SE FONT ATTAQUER...

"ILS FONT PARTIE DE LA COURSE."

FOR LUCK.
WHERE ARE YOU GUYS? WE'RE TAKING OFF!
DON'T LEAVE US!!!
WE HAD
KTHOK
GRRAAA!
CAPTAIN SOLO...
IN
GON
UN.

DESSIN : **SARA PICHELLI**

CHEWIE? THIS
IS GONNA BE
002 | VARIANT EDITION
RATED T
$3.99US
DIRECT EDITION
MARVEL.COM
STAR WARS
Han Solo
DESSIN : JOHN TYLER CHRISTOPHER

DESSIN : **J. SCOTT CAMPBELL**